Christian Garcin et Éric Faye

Patagonie, dernier refuge

Stock

Photo © Christian Garcin
Couverture : Le Petit Atelier

ISBN 978-2-234-08930-3

Carte

Fitz Roy
3 405 m
El Chaltén
ARGENTINE
La Leona
Lago
Argentino
50° Sud
El Calafate
Glacier Perito Moreno
Parc national
des Torres
del Paine
Cerro Castillo
Puerto Natales
Rio Gallegos
52°
CHILI
Détroit de Magellan
Punta Arenas
Péninsule
de
Brunswick
Puerto del Hambre
Île
Dawson
Cap Froward
54°
N
O
E
S
OCÉAN
PACIFIQUE
56°
100 km
75°
72°

BOLIVIE
PARAGUAY
Antofagasta
BRÉSIL
CHILI
URUGUAY
Colonia
Santiago
Buenos Aires
Montevideo
ARGENTINE
Pampa
OCÉAN
ATLANTIQUE
Cholila
Patagonie
Îles Malouines
(Îles Falkland)
500 km
la Terre de Feu
shuaia
Canal de Beagle
Détroit de Le Maire
Île des États
uerto
iams
Île Nueva
Île Lennox
Île Navarino
OCÉAN
ATLANTIQUE
Cap Horn
66° Ouest
64°

Butch, Borges & nous

I
Les trois Américains

Un jour de mars 1901, quelques semaines après avoir embarqué à bord du cargo britannique *SS Herminius* dans le port de New York, trois jeunes gens arrivent à Buenos Aires et trouvent un logement à l'hôtel Europa, dans le quartier de Montserrat, à l'angle de l'Avenida 25 de Mayo et de la Calle Cangallo – l'actuelle Avenida Juan Domingo Perón. Le plus âgé, celui qui prétend s'appeler James Ryan (son véritable nom est Robert Leroy Parker), a trente-cinq ans. Il se fait passer pour le frère de la plus jeune, Etta Place, vingt-trois ans, qui est en réalité la compagne du troisième, Harry Alonzo Longabaugh, trente-quatre ans. Si Parker a changé de nom, c'est parce qu'il est recherché à la fois par la police et par une agence de détectives, l'agence Pinkerton. Et si Longabaugh, qui l'est aussi, prend moins de précautions, c'est peut-être parce que Parker est, de loin, le plus connu des deux : sa tête d'ailleurs est mise à prix cinquante mille dollars. L'un et l'autre appartiennent à un même gang, dont Parker est le chef. Il a commencé sa carrière, alors qu'il n'avait pas vingt ans, en volant des chevaux et rackettant des propriétaires de ranchs, puis il a fait de la prison, et s'est associé en 1895 avec plusieurs hors-la-loi pour former le gang en question, qui depuis n'a cessé de dévaliser des trains et d'attaquer des banques. On l'appelait *The Wild Bunch* (La Horde sauvage – sans rapport avec celle du film de Peckinpah), et il comptait une douzaine de membres, dont très peu ont fait de vieux os : George Sutherland Currie, alias « Flat-Nose Curry », est mort dans une fusillade en 1900 ; Thomas Ketchum, alias « Black Jack », pendu en 1901 ; William « News » Carver, ainsi surnommé parce qu'il aimait voir son nom affiché dans les journaux, tué en 1901 ; Harry Tracy, abattu lors d'une fusillade en 1902 ; Harvey Logan, alias « Kid Curry », suicidé en 1904 pour éviter de se faire capturer après une attaque de train ; William Elsworth « Elzy » Lay, le seul qui ait dépassé la quarantaine, le meilleur ami de Parker, son second à la tête de la *Wild Bunch*, capturé en 1899, emprisonné puis gracié en 1906 ; Ben Kilpatrick, dit « Tall Texan », capturé en 1901, libéré en 1911, tué lors d'un braquage en 1912 ; et sa compagne Laura Bullion, capturée en 1901, libérée en 1905, de très loin la doyenne de tous, morte à quatre-vingt-cinq ans à Memphis, Tennessee. Plus quelques autres qui gravitaient autour du groupe sans en faire réellement partie, n'intervenant que de manière épisodique. Et, donc, Harry Alonzo Longabaugh, Etta Place et Robert Leroy Parker qui, harcelés par la police et l'agence Pinkerton, décident de fuir en Argentine en février 1901.

Comme tant d'autres bandits de l'époque, Parker et Longabaugh ont chacun un surnom, sous lequel on les connaît mieux : Parker, fils de mormons de l'Utah, se fait appeler « Butch Cassidy », en souvenir d'un voleur de chevaux nommé Mike Cassidy, avec qui il s'était lié d'amitié lorsqu'il était adolescent, et aussi parce qu'il avait travaillé un temps comme boucher (« *butcher* ») à Rock Springs, Wyoming. Longabaugh quant à lui, né en Pennsylvanie, a choisi « Sundance Kid » – parce que c'est à Sundance, Wyoming, qu'il a commencé sa carrière, à l'âge de vingt ans, en volant un cheval, une selle et un fusil. De celle qui les accompagne on sait moins de choses, pas même le prénom exact – Etha, Ethel, Etta, Eva –, sans compter les identités qui lui ont été ensuite attribuées : ancienne institutrice nommée en réalité Ethel Bishop, qui aurait quitté son mari et ses deux enfants pour suivre Longabaugh ; ancienne voleuse de bétail nommée Ann Bassett qui avait un temps été la petite amie de Cassidy, puis celle de Ben Kilpatrick ; ancienne prostituée nommée Eunice Gray, ou Madaline Wilson ; fille d'un vagabond anglais nommé George Capel, d'où son pseudonyme anagrammatique de Place. Mettons celle sous laquelle elle est le plus connue, Etta Place, et n'en parlons plus. Elle est en tout cas une jeune femme jolie, chaleureuse, souriante, instruite et habile avec un fusil, ainsi que la décrivent tous ceux qui l'ont approchée. On perdra sa trace en 1907, après qu'elle aura quitté l'Amérique du Sud pour retourner aux États-Unis, à San Francisco. On perd celles de Butch Cassidy et de Sundance Kid à peine plus tard, en Bolivie en 1908. À partir de là, et même un peu avant, ce sont le mystère et la légende qui s'emparent d'eux – on y reviendra.

Mais pour l'instant, on est en mars 1901, et Parker, Longabauh et Place, ou alors Butch

Cassidy, Sundance Kid et Etta, comme on voudra, débarquent à Buenos Aires et logent dans le quartier de Montserrat, à quelques pâtés de maisons du 838 de la rue Tucumán où, deux ans plus tôt, est né un bambin nommé Jorge Luis Borges.

À quelques pâtés de maisons aussi, à l'angle de cette rue Tucumán et de la rue Adolfo Alsina, se trouve l'hôtel où, cent dix-neuf ans plus tard, nous serons nous-mêmes logés. Cette étroite proximité géographique, nous ne la découvrirons qu'ensuite, lorsque nous serons rentrés en France et que nous nous trouverons confinés dans nos appartements respectifs pour cause de pandémie. C'est en effet un pur hasard qui nous a réunis, le bandit américain, l'écrivain argentin et nous, au sein d'un si petit périmètre, dans une ville aussi immense. Comme si, dès notre arrivée à Buenos Aires, une force obscure et mystérieuse nous les proposait l'un et l'autre, Butch et Borges, non pas sur un plateau, mais en quelque sorte à portée de main, dans l'écheveau d'un continuum spatio-temporel qu'il nous appartiendrait ensuite de démêler. Du second, nous nous étions dit que nous en parlerions inévitablement dans les pages que nous écririons l'un ou l'autre, ou chacun de nous, sur Buenos Aires ; du premier, plutôt dans celles relatives à la Patagonie. Or voici que tous deux habitent, au même moment, à quelques centaines de mètres l'un de l'autre, si bien que le bandit a pu croiser le futur écrivain accompagné de sa nounou autour de la Plaza Roma ou de la Calle Sarmiento par exemple – et voici qu'un peu plus d'un siècle plus tard nous arpentons, nous aussi, ces mêmes rues, places et avenues, près desquelles nous logeons. L'emplacement de l'hôtel aujourd'hui disparu où étaient descendus les trois Américains pourrait constituer la pointe, orientée plein est, d'un triangle isocèle presque parfait dont les deux angles adjacents à sa base seraient, à cinq cents mètres au nord-ouest, la maison natale de Borges et, à cinq cents mètres au sud-ouest, l'hôtel où nous sommes. Un mouchoir de poche dans une ville gigantesque qui s'étend sur deux mille huit cents kilomètres carrés (trois fois et demie la métropole du Grand Paris), et qui s'enorgueillit de posséder à la fois l'avenue la plus large (9 de Julio) et la plus longue (Rivadivia) du monde.

Au 838 de la rue Tucumán, Borges habitait dans « une maison avec deux cours latérales », nous dit-il, dont la première était « pavée en damier ». Il ne reste rien de cette maison, ni de la cour. Nous nous y sommes rendus le lendemain de notre arrivée et n'y avons vu qu'une façade de vitres noires – sans doute des bureaux. Borges, de toute façon, n'a pas vécu là longtemps : à la fin de cette même année 1901, la famille alla s'établir dans le quartier de Palermo, un peu plus au nord, dans une grande maison avec un jardin protégé « derrière une grille en fer de lance » et « une bibliothèque aux innombrables livres anglais » (Fanny, la grand-mère paternelle de Borges, était anglaise), avec tout autour le faubourg, aujourd'hui plutôt bobo, mais à l'époque fréquenté par mauvais garçons et truands en tout genre (« le Palermo du couteau et de la guitare rôdait, m'assurait-on, au coin des rues »). Il reste que, dans les quelques centaines de mètres qui séparent la maison natale de Borges de l'hôtel où logeaient Cassidy, Sundance Kid et Etta, les quatre ont largement eu le temps de se croiser au cours de cette année 1901. Pour un écrivain qui, à côté des essais érudits et des contes fantastiques ou métaphysiques qui l'ont rendu célèbre, a aussi écrit quantité de nouvelles et poèmes plus violents ou épiques dont, en Europe en tout cas, on parle un peu moins, et qui témoignent d'une véritable fascination pour l'univers viril des mauvais garçons, des petites frappes et des gauchos, disons que c'est une assez belle entrée en matière que d'avoir, peut-être, croisé une ou plusieurs fois le célébrissime Butch Cassidy sur un trottoir de la rue Sarmiento.

À distance, et à de multiples reprises, nous avons nous aussi essayé de croiser Borges dans ses lieux portègnes. Mais l'animal est roué, et ne se laisse pas approcher facilement. J'avais pourtant écrit, il y a quelques années de cela, un essai sur lui, afin de lui témoigner ma reconnaissance et mon admiration. Il ne m'en a aucunement fait grâce. Je n'ose imaginer qu'il m'en ait peut-être même tenu rigueur. Quoi qu'il en soit, il a passé son temps à nous échapper, et nous à lui courir après.

II
Borges, journal d'échecs

Le taxi qui nous emmène de l'aéroport traverse des barres d'immeubles délabrés émergeant au milieu de multitudes d'arbres, avec parfois des palmiers qui donnent à tout cela un petit air d'Inde ou de Chine du Sud. Les architectures sont éclectiques, souvent rongées par l'usure, sans aucune unité. C'est le matin tôt, en plein été austral. Il fait encore doux. Le nez collé à la vitre, un peu cotonneux mais pas trop, je me dis que ce paysage urbain hétéroclite recèle en fait pas mal de charme. J'avais été prévenu : dans l'avion, je lisais *Le Fleuve sans rives*, de Juan José Saer, dont la première phrase (« Épouvante et vulgarité sont le lot principal des avions. ») m'avait suffisamment accroché pour que je décide de l'emporter. Et à propos de l'architecture, Saer écrivait : « À Buenos Aires, c'est la discordance qui est la norme [...] Un édifice de vingt étages se dresse, stable contre toute vraisemblance, à côté d'une petite maison, flanquée de son jardinet, qui réclame un coup de peinture depuis 1940, et qui est mitoyenne d'une maison à deux ou trois étages, datant du début du siècle [...] Même en plein centre, bien qu'avec moins de fréquence, cette anarchie architecturale continue à faire loi. Le caractère rectiligne des rues est la seule rigueur qui contienne un peu, comme un coffrage enserrant une matière informe, cette variété vertigineuse. »

Au bout d'une trentaine de minutes nous quittons la voie rapide et pénétrons dans ce qu'il convient d'appeler le centre-ville. D'immenses perspectives, des avenues étonnamment longues et larges (quoique là aussi, j'aie été prévenu), des parcs, des jardins, de l'espace et du vert, et beaucoup de statues, équestres ou non, mais toujours martiales – on sent très présent le culte du Libertador, des militaires célèbres, des héros des guerres d'indépendance. Les « vents favorables » (le nom complet de la ville est : *Puerto de Nuestra Señora de los Buenos Aires* – « Port de Notre-Dame des Vents favorables », à savoir la Vierge Marie, qui protégeait les marins venus d'Europe) ont toute la place voulue pour venir s'engouffrer ici. Plus tard, marchant dans la ville, je penserai aussi, par endroits, à Tokyo pour la coexistence hétéroclite des formes architecturales, et même à certains quartiers de Calcutta pour quelques vieux bâtiments aux fenêtres et volets très hauts et très étroits, aux façades décrépites, aux petits balcons en fer forgé rouillé. Le démon de l'analogie, qui fait que je peux rarement arpenter une ville, un paysage, lire un livre, voir un film, sans penser à d'autres villes, paysages, livres et films, ne m'abandonne jamais, et il est parfois encombrant.

Notre première journée, ainsi l'avions-nous décidé, serait consacrée à parcourir la ville à pied – plus exactement, restons modeste, une partie des quartiers de Montserrat et de Palermo –, afin de nous rendre sur les lieux que Borges, en son temps, avait fréquentés. J'ai toujours eu le goût un peu fétichiste des lieux de vie et de mort des écrivains et artistes que j'aime. Borges, je l'ai souvent écrit par ailleurs, a été d'une grande importance dans mon cheminement littéraire et esthétique. Je lui ai consacré un livre entier, de nombreux textes dans divers magazines, et j'ai traduit une de ses nouvelles. J'ai vu sa tombe au cimetière des Rois à Genève, avec ses inscriptions en ancien saxon, mais jamais je n'avais eu l'occasion de parcourir ainsi, méthodiquement, l'intégralité ou presque de ses lieux de vie portègnes.

Munis d'un plan (sans doute est-ce un effet générationnel, mais nous préférons l'un et l'autre le papier aux applications et autres GPS – instrument d'indubitable dépoétisation du monde, puisqu'il annihile les chances de se perdre, et donc d'accueillir un tant soit peu d'inconnu), nous quittons l'hôtel et remontons immédiatement la rue Tucumán, qui fait l'angle, jusqu'au numéro 838 où se trouvait la maison de naissance de Borges – dont j'ai déjà indiqué qu'elle avait disparu, laissant place à une haute façade lisse et vitrée. Non loin de là se trouve le café Richmond, où il avait ses habitudes. Nous envisageons de nous y asseoir un moment, mais non : il est fermé, à l'abandon – seule l'enseigne subsiste. Voilà qui commence bien.

À quelques blocs de là, sur le chemin de l'ex-hôtel Europa où logeaient Butch Cassidy et ses deux compagnons, se trouve le Centro cultural Borges. Nous y allons en longeant des rues grises, peu fréquentées en ce début de matinée, sans savoir précisément de quoi il s'agit. De pas grand-chose en réalité : un lieu de rencontres et d'expositions quasi vide (à l'exception notable d'une exposition de photos de María Kodama, la veuve de Borges), sur trois mornes étages qui n'ont en réalité rien à voir avec lui. Le plus singulier est qu'il est indiqué au deuxième qu'une salle, la numéro 24, lui est consacrée : or elle est intégralement vide – des murs blancs, et c'est tout. Blancs comme le chou que nous sommes en train de faire, me dis-je – même s'il ne me déplaît pas, finalement, que Borges joue avec nous et nous échappe ainsi. Je reconnais bien là le côté malicieux, pour ne pas dire facétieux, du personnage, qu'on discerne assez peu dans ses contes, mais souvent dans ses entretiens, et surtout dans sa voix, ses intonations, sa manière élégante, attentive, toujours un brin ironique et chic, vaguement british, un peu italienne aussi (argentine, en somme), de s'adresser à ses interlocuteurs en faisant mine de les interroger sur le bien-fondé de ce qu'il est en train de leur dire. L'Argentine est l'Italie de l'Amérique du Sud, on le prétend souvent et c'est vrai, tant pour des raisons historiques – il y eut au cours de l'histoire du pays de nombreuses vagues d'immigration italienne, dont témoignent quantité de patronymes – que linguistiques – marchant dans les rues, attrapant au passage quelques bribes de conversation, il m'est souvent arrivé de me dire que la langue que l'on parlait ici associait à la musique de l'italien les paroles de l'espagnol. Sans compter les Vespa que l'on voit partout dans les rues. Sans compter aussi un signe qui ne trompe pas : toutes les chambres d'hôtel que nous avons occupées étaient équipées d'un bidet, ustensile résolument italien qui a disparu de la plupart des nôtres depuis longtemps, que l'on trouve encore parfois dans certaines maisons du sud de la France, proximité italienne oblige, et dont l'Argentine demeure, semble-t-il, abondamment pourvue.

Mais l'heure avance. Nous quittons le décevant Centro cultural, et nous rendons au 994 Maipú, dernière adresse de Borges à Buenos Aires avant son départ pour la Suisse, où il mourut en 1986. Je sais qu'il y a une plaque au bas de l'immeuble, mais nous ne la voyons pas. Je me demande si nous ne nous sommes pas trompés, s'il ne s'agit pas non de la rue mais de l'avenue Maipú, très loin au nord-ouest. Pourtant il me semble reconnaître le bâtiment. Je sonne chez le concierge, qui entrouvre à peine sa porte, m'examine brièvement et la referme illico. Je sonne à nouveau : pas de réponse. Je me dis que c'est peut-être le signe qu'il s'agit bien de l'immeuble où a vécu Borges : le concierge en a sa claque des admirateurs. Oui mais la plaque ? C'est alors que quelqu'un dans la rue m'interpelle et me demande aimablement ce que nous cherchons. Je le lui dis, il me répond que c'est bien là ; simplement, la plaque a été volée. Et en effet, un examen un peu plus attentif nous révèle les emplacements des vis dans la maçonnerie. On vole donc, ici, des plaques commémoratives. Celle-ci était assez imposante, 60 × 40 cm environ, qui indiquait « *Aqui vivio Jorge Luis Borges 1899-1986, Homenaje del Gobierno y del Consejo deliberante de la Ciudad de Buenos Aires* ». Peut-être aura-t-elle été vendue à un admirateur. Ou fondue pour fabriquer des bijoux qu'on retrouvera ensuite sur le marché de la très longue Calle Defensa, dans le quartier de San Telmo où nous irons plus tard. Il ne nous reste plus qu'à repartir. De toute manière, nous ne serions pas montés au dernier étage, où Borges avait son appartement, celui-là même où pendant quatre ans, de 1964 à 1968, à raison de trois ou quatre fois par semaine, le jeune Alberto Manguel venait, comme des dizaines d'autres volontaires, lui faire la lecture : sa cécité l'empêchant de lire, et sa mère, âgée de plus de quatre-vingt-dix ans à ce moment-là, se fatiguant vite, Borges avait besoin de quantité d'yeux de substitution, comme un Astérion aveugle attendant impatiemment au cœur de son labyrinthe les jeunes gens qui lui seraient livrés pour assouvir sa faim insatiable – faim de lecture, en l'occurrence.

Ce n'était pas tout à fait chou blanc, mais presque. Obstinés, nous décidons alors de nous rendre, toujours à pied, à la Fondation Borges, un peu plus loin vers le nord. Comme cette fondation est un musée, et que nous ne sommes pas un jour où, *a priori*, les musées sont fermés, nous devrions, cette fois, pouvoir enfin rencontrer Borges. Les distances sont grandes à Buenos Aires. Un endroit qui, sur la carte, semble à quinze minutes de marche se trouve en réalité à cinquante. Mais nous insistons, fidèles à notre objectif initial. Après tout nous avons le temps. Et puis nous aimons l'un et l'autre marcher dans les villes inconnues, ou peu connues. Il fait très chaud. Les rues sont longues, les avenues bruyantes, flanquées de magasins d'habits qui proposent des remises allant jusqu'à 25 % si on paie en cash et non par carte bancaire, signe de la crise, par ailleurs assez peu visible, que traverse l'Argentine en ce moment ; et surtout de très nombreuses boutiques de téléphonie proposant des milliers de coques, diversement colorées, de téléphones portables, dont on se demande si la population du pays suffira à toutes les écouler. Nous approchons de la fondation, probablement climatisée, où nous espérons pouvoir nous asseoir et boire un verre d'eau. Mais non : elle est fermée pour travaux… Il est cependant indiqué qu'elle rouvrira dans quelques jours. Nous y reviendrons au retour de Patagonie. En attendant, c'est un échec sur toute la ligne…

Il nous reste le cimetière de la Recoleta, qui se trouve non loin (mais de non loin en non loin, on finit par s'éloigner considérablement de notre point de départ), dans le même quartier. Nous n'espérons pas y trouver Borges, bien entendu, puisque sa tombe se trouve à quinze mille kilomètres de là, à Genève. Mais peut-être pourrions-nous y rencontrer certains de ses amis. D'innombrables personnalités argentines sont enterrées à la Recoleta, dans des monuments parfois grotesques, et presque toujours amphigouriques. Ce n'est pas l'extraordinaire cimetière de Gênes, mais tout de même. Les Argentins, autre proximité avec les Italiens, ont indéniablement le sens de la grandiloquence mortuaire.

Un plan se trouve à l'entrée. Nous voulons voir les tombeaux d'Adolfo Bioy Casares, l'ami et complice avec qui Borges a écrit plusieurs livres et créé les personnages de Bustos Domecq et d'Isidro Parodi ; de Macedonio Fernández, le mentor métaphysicien et poète ; et des sœurs Ocampo, les amies proches, éditrices et écrivaines. Seul Macedonio est au rendez-vous. Bioy nous échappe : ou plutôt, il est bien indiqué « Casares » là où il est supposé se trouver, mais le nom de « Bioy » n'apparaît nulle part. De même, chez les Ocampo, nous trouvons Victoria et Angelina, mais pas Silvina.

Bilan de la journée : Borges introuvable, Bioy invisible. Voilà qui leur va bien. Nous en avons plein les pattes et rentrons en métro.

*

Épilogue : Quelques semaines plus tard, après avoir traversé dans les deux sens le Río de la Plata pour nous rendre en Uruguay et en revenir, parcouru en voiture une partie de la Patagonie argentine, puis chilienne, traversé la pampa, admiré glaciers, lacs opalescents et sommets vertigineux, avoir navigué sur le détroit de Magellan et le canal de Beagle, croisé des figures d'assassins, de rois déchus et d'Indiens disparus, nous sommes de retour à Buenos Aires, pour deux jours. Toujours déterminés à trouver

Borges, nous logeons cette fois dans le quartier de Palermo.

Après que sa famille eut quitté la rue Tucumán, en 1901, Borges vécut jusqu'à ses quinze ans au 2135-2147 de la rue Serrano, actuellement rue J.L. Borges – dans la fameuse maison aux « grilles en fer de lance » qui abritait la bibliothèque paternelle dont il disait : « Si on me demandait ce qui a compté le plus dans ma vie, je répondrais : la bibliothèque de mon père. Il m'arrive de penser qu'en fait je ne suis jamais sorti de cette bibliothèque. » Le quartier de Palermo, en réalité, n'existe pas vraiment. Ou plutôt, il y a plusieurs Palermo : Palermo tout court, Palermo Viejo (où habitaient les Borges), Palermo Hollywood (où nous logeons), Palermo Soho (dénomination qui renseigne assez sur le côté bobo, avec promeneurs de chiens par groupes de quatre ou cinq – souvent des lévriers –, cafés alternatifs et livreurs de repas à domicile, bien loin des truands et des mauvais garçons qui hantaient les lieux du temps du jeune Borges), et Palermo Chico. Nous rejoignons donc Palermo Viejo et constatons rapidement que, comme sa maison de naissance, la maison d'enfance de Borges n'existe plus. La bibliothèque du père dans laquelle il a grandi s'est évanouie, pas le moindre jardin ni la moindre grille, rien – juste un moche et banal immeuble d'habitation.

Mais nous sommes opiniâtres. Il nous reste à retourner à la Fondation Borges, qui devait rouvrir quelques jours après notre départ pour le Sud. Tandis que nous marchons sous une chaleur sèche et obstinée, dans des rues sans cachet, je me dis que non. Ce n'est pas possible. Quelque chose n'ira pas – quelque chose *doit* ne pas aller. Depuis le début, la logique de nos investigations borgésiennes s'était résumée en un seul mot : l'échec. Quelque chose *devait* s'opposer à ce que nous trouvions la fondation-musée ouverte, puissions en arpenter les salles, examiner documents et manuscrits, voir des photos, des enregistrements vidéo, lire des témoignages. Et bien sûr cela ne rate pas : la fondation est fermée. Les horaires d'été sont mardi et jeudi uniquement, de 11 heures à 15 heures. Or nous sommes arrivés samedi soir, aujourd'hui est lundi, et nous repartons demain en début d'après-midi. Nous n'aurons pas le temps.

Pour faire bonne mesure nous nous rabattons sur un autre lieu borgésien, pas très loin de là : la Bibliothèque nationale, dont il a été le directeur à partir de 1955, lorsque la « Revolución libertadora » a chassé Perón du pouvoir. Déjà, cela avait mal commencé : Alberto Manguel, qui en fut lui aussi le directeur il y a quelques années, m'avait donné les coordonnées d'une personne à y contacter – mais lorsque je l'avais fait, la personne en question n'y travaillait plus depuis quelques jours… Je me demande ce qui va, cette fois, aller de travers. Lorsque nous arrivons devant le bâtiment, je comprends. Il s'agit d'un gros bloc de béton, manifestement postérieur aux années 50 : Borges n'a certainement pas travaillé ici. De plus, la bibliothèque est fermée pour cause de vacances d'été, pendant encore deux semaines. Nous apprendrons ensuite que cette bibliothèque-là fut construite en 1992, six ans après la mort de Borges, et que l'ancienne se trouvait dans le quartier de Montserrat, pas très loin de là où nous logions au début du mois – ni, donc, de la maison natale de Borges, ni de l'hôtel Europa de Butch, Sundance et Etta. Retour à la case départ, en somme.

En regagnant notre pension de Palermo Hollywood, nous croisons la rue Bulnes où, au numéro 2216, Borges vécut un temps avec ses parents au retour d'Europe, en 1921. Mais trop c'est trop. Il n'y avait rien à sa maison de naissance de Tucumán, rien à l'ex-rue Serrano, autrement plus importantes. Il n'y avait même rien à Maipú, pour cause de vol de plaque commémorative. Il n'y avait plus de café Richmond, pas de musée ouvert, pas de bibliothèque. Il n'y aura rien là non plus, c'est dit. Et puis nous avons assez marché. Nous passons notre chemin. Je vais tout de même vérifier, au retour, sur Google Street, qui me confirme qu'il s'agit d'un immeuble tout à fait moderne, avec parking.

Le lendemain matin nous prendrons un café au grand, célèbre et un rien tarabiscoté café Tortoni, après avoir fait une demi-heure de queue pour être autorisés à y entrer – et y voir exposé, tout de même, un buste de Borges, auquel nous ne nous attendrons pas.

III
Fictions

Je tente de renouer entre eux des fils invisibles qui n'ont jamais existé. Plus que le rire, la station debout ou le pouce opposable, le propre de l'homme est de vivre à l'intérieur des fictions qu'il se crée (fictions intimes, familiales, collectives, historiques qu'il bâtit comme il bâtit des cabanes où s'abriter) et d'en construire sans cesse de nouvelles, auxquelles il s'efforce de trouver un sens, une ligne directrice qui, par d'obscurs détours, viendrait éclairer sa propre vie. Souvent on ne sait pas très bien pourquoi on s'attache à découvrir, à exhumer, à relier, à présenter sous forme de logique *a posteriori* tout un faisceau d'anecdotes, de tranches de vie, d'événements hétéroclites, désordonnés, sans nul doute hasardeux. C'est comme un petit délire intime qui donnerait l'illusion du sens, et permettrait peut-être, confusément, de tenir un peu mieux debout. Le mien, de délire, en ce début d'année 2020, fut donc de lancer une passerelle à presque cent vingt ans de là, et d'avoir voulu faire se rencontrer les fantômes d'un écrivain longtemps lu et admiré et de trois bandits dont la littérature et le cinéma ont renforcé, sinon forgé, le mythe. Parker, Longabaugh et Etta Place ont peut-être croisé, au cours de cette année 1901, sans que l'un ni les autres le sachent, et l'eussent-ils su que cela les aurait indifférés (encore que pour Borges ce ne soit pas certain), le très jeune Jorge Luis dans son landau, ou dans les bras de sa mère, ou de sa nounou. On n'en saura jamais rien – et au fond, cela n'a pas grande importance. Certains avancent d'ailleurs qu'en réalité seuls Longabaugh et Place auraient débarqué à Buenos Aires en mars 1901, tandis que Parker serait resté un peu plus longtemps aux États-Unis, le temps de participer, en juillet, à l'attaque d'un train aux alentours de Wagner, Montana, puis de sauter dans un cargo à bétail jusqu'à Liverpool, et de rejoindre ensuite l'Argentine, à la fin de l'année – ce qui serait, pour tout dire, un long et étrange détour.

Mais il faut bien choisir sa fiction, et je choisis quant à moi, puisqu'elle m'arrange, celle des trois amis, amants ou ex-amants débarquant à Buenos Aires au début de 1901, et croisant à l'occasion le petit Borges qui, des années plus tard, fasciné par la violence et les mauvais garçons de son quartier de Palermo, écrira des contes épiques et cruels mettant en scène des gauchos habiles à manier le couteau et des assassinats perpétrés la nuit dans la pampa, lançant lui aussi d'obscures passerelles entre les époques et les lieux : dans un conte comme « La trame » par exemple, au « *Tu quoque, fili !* » de Jules César répond dix-neuf siècles plus tard le « *Pero, che !* » d'un gaucho attaqué par d'autres gauchos, et qui en tombant reconnaît un de ses filleuls. « Ils le tuent, écrit Borges, et il ne sait pas qu'il meurt pour qu'une scène se répète. »

Avec nos trois bandits, pourtant, il n'est pas impossible que nous ayons eu un peu plus de chance qu'avec Borges. Peut-être avons-nous pu les croiser. Je dis « peut-être » car en réalité, là non plus, rien n'est vraiment certain. Il en sera question plus loin – en Patagonie.

Montevideo est un songe

Montevideo est un songe. On y entre un soir par un estuaire fabuleux, le Río de la Plata, où l'Atlantique, à coups de marées, tente de contenir des fleuves colossaux. La bataille du Río de la Plata n'a pas été livrée seulement en décembre 1939, entre la Royal Navy et la Kriegsmarine, elle oppose tous les jours deux puissances liquides ennemies, le sel océanique et les limons ocre des rios Uruguay et Paraná. Il faudrait des yeux de lynx pour apercevoir la terre où vous vous rendez, pourtant proche sur les cartes, et vous vous demandez qui peut bien avoir eu besoin de se réfugier dans ces parages, naguère ou jadis, puisque c'est un peu la quête de votre voyage – celui que vous avez entrepris en Uruguay et que vous poursuivrez en Argentine et au Chili, dans les solitudes patagonnes, avec le même compagnon de voyage et d'écriture qu'en Sibérie orientale et au Tibet.

Vous pénétrez dans ce songe à bord du ferry *Francisco Papa*, parti de Puerto Madero, à Buenos Aires, et c'est à travers les vitres sales de cette papamobile géante que l'Uruguay, à peine plus élevé qu'une pâte feuilletée, finit par se profiler dans le crépuscule de janvier. Montevideo commence par des grues sombres à l'arrière desquelles se dresse une tour solitaire et étrange, baroque. Oui, débarquer dans Montevideo un dimanche soir de l'été austral est comme faire un de ces rêves qui vous laissent dans un état de malaise durable, au réveil. À travers les vitres du taxi, plus tard, la ville ancienne allongée sur un promontoire vous fait penser à une vieille cocotte demi-mondaine et beaucoup trop fardée, avec ses longs *murales* qui maquillent quantité de façades à l'abandon et de barrières de chantier. Le dimanche soir, presque tous les commerces et les restaurants sont fermés dans cette cité fantôme que l'État de droit et peut-être aussi les dieux semblent avoir oubliée, et dont la traversée vous laisse perplexe. Est-ce donc ça, l'Uruguay et sa capitale dont le nom vous faisait rêver, lorsque vous pensiez à tous les noms illustres qui y vécurent ? N'en reste-t-il qu'une « zone », un *quartier sensible* ? La découverte de votre chambre à l'hôtel Circus, en lisière de la vieille ville, accentue votre perplexité : celle, humide et spartiate, que l'on vous a réservée, avec son escadrille de moucherons, donne au rez-de-chaussée sur les bruits d'une rue que vous aimeriez oublier.

En somme, entrer en Uruguay un dimanche soir par la vieille ville de Montevideo est à déconseiller aux dépressifs, *a fortiori* à ceux qui débarqueraient en provenance de l'orgueilleuse Buenos Aires, laquelle, bien que capitale d'un pays en pleine déconfiture économique, s'y connaît pour jouer les coquettes. Demain, vous dites-vous en constatant que seule est ouverte une pizzeria exiguë où tonitrue un commentateur sportif, demain l'Uruguay montrera son vrai visage, celui d'un début de semaine animé, et Montevideo ne sera plus ce songe étrange…

*

Montevideo est sortie de sa catalepsie dominicale le lendemain matin, mais il a bien fallu se rendre à l'évidence : pour qui vient de l'autre côté du Río, Montevideo a des airs de sous-préfecture assoupie. Les platanes le long des avenues rappellent des villes du sud de la France dans la chaleur de l'été et si l'on n'entendait pas parler espagnol, on se croirait dans le Lauragais ou le Bordelais, à moins que ce ne fût au Pays basque où nombre d'Uruguayens ont des ancêtres.

Un soir, vous avez droit à un spectacle inattendu, devant le théâtre Solis, pendant que vous dînez de l'autre côté de la rue. Les invités sortent de la salle dans un tintamarre de maracas et autres percussions, entre deux rangées de danseuses de samba. Ce n'est pas l'époque du carnaval (Montevideo en a bel et bien un, réputé, même s'il ne rivalise pas avec son équivalent carioca), il doit s'agir plutôt d'un spectacle donné à des groupes d'étrangers, signe que la température peut vite monter dans ce quartier trop calme. Le théâtre Solis est la salle de spectacle la plus réputée d'Uruguay. D'architecture néoclassique, il a été bâti au milieu du XIXe siècle près de la place de l'Indépendance, au cœur de la capitale de la République « orientale » d'Uruguay, puisque c'est de cette épithète qu'aime se parer ce pays à l'est des pampas. Au centre de la place, voici la statue du héros national, à qui l'Uruguay doit tout : Artigas. José Gervasio Artigas Arnal, pour être précis. Natif de Montevideo, ce militaire lutta pour l'indépendance et devint le « Premier chef des Orientaux ».

Comme les pays voisins, l'Uruguay affectionne les statues, notamment celles de son libérateur. Si le cheval a une jambe levée, dit-on, c'est que son cavalier a été blessé au combat, et s'il lève les deux jambes avant, c'est qu'il a connu une fin tragique. Le destrier d'Artigas, encadré par les palmiers de la place, se contente d'en lever une – la droite. Sous la place, la dépouille du héros repose dans une crypte, gardée par un militaire en uniforme du temps de la guerre d'indépendance.

Vous marchez sur les *ramblas*, à la pointe de la vieille ville. Des pêcheurs à la ligne, dont l'(in)activité est suivie de près par des oiseaux de mer ; quelques flâneurs. Au large, comme accoudés à la ligne d'horizon, de longs navires de fret lanternent en quête du feu vert de la capitainerie d'un port – Montevideo, Buenos Aires ? Vous déambulez dans une chaleur soyeuse, tempérée par la brise marine. Il vous manque une calebasse en céramique, bourrée de yerba maté, une *bombilla* (« paille » métallique) pour aspirer cette décoction et une bouteille Thermos d'eau chaude. L'indolence et le regard bienveillant des Uruguayens, vous ne les avez pas non plus, et vous ne les acquerrez pas durant votre bref séjour. Cette bienveillance, cette indolence, n'est-ce pas la marque de fabrique de ce petit peuple qui vous avait déjà charmé à votre précédent passage, en 2014 ? « Les Uruguayens ont un vrai souci de l'autre », écrit Christophe Fourvel, que vous ne démentirez pas.

À la terrasse d'un restaurant du marché du port, un soir, vous vous régalez d'un plat de viande, sans doute le meilleur de votre voyage, à l'exception d'un restaurant de Puerto Natales, au Chili, où l'agneau à la broche était fameux. Il fut un temps où l'Argentine et l'Uruguay étaient des pays riches, grâce à leurs exportations de viande et de cuir. C'était au début du XXe siècle. Le restaurant où vous dînez, au Mercado del Puerto, est l'un des rares à rester ouverts dans la vieille ville, le soir. À la mi-journée, ces halles couvertes grouillent de monde, les terrasses sont pleines.

Un après-midi, près du port, vous vous laissez tenter par le café Merlin où l'on sert, entre autres, du yerba maté au cannabis. En 2013, l'Uruguay a été le premier pays au monde à légaliser la production, la vente et la consommation de cette plante. On vous apporte au comptoir la fameuse calebasse et sa *bombilla*. Le serveur, un grand blond palot, vous explique comment procéder, car il a compris que vous êtes un bleu. Verser d'abord de l'eau froide, puis de l'eau chaude, sur une moitié de l'herbe, dans la calebasse ; la première gorgée n'est pas la meilleure, c'est normal. Âpre, n'est-ce pas ? Ensuite, verser de l'eau sur l'autre moitié… Vous attendez ce qui va se passer après avoir aspiré les premières gorgées. La senteur de cannabis se laisse deviner discrètement, mais il doit être en quantité dérisoire et, non, ce n'est pas ce jour-là que vous deviendrez un drogué en herbe. Une légère sensation d'ébriété point un moment plus tard, pas de quoi fouetter un chat cependant. Sur les murs du café, une affiche invite à visiter le musée du Cannabis (*Visítenos ! Martes a domingo, 14:00 a 19:00 hs*). Vous pourriez acheter un paquet d'un kilogramme d'*Abuelita* (Grand-Mère), marque de yerba maté *con agregado de cannabis de uso no psicoactivo*, fabriqué en Uruguay, mais ce souvenir de vacances vous vaudrait quelques ennuis au premier poste de douane. Dans le pays, l'herbe est aussi en vente dans certaines pharmacies, en des quantités limitées, et les partisans de cette légalisation mettent en avant le fait que son prix officiel est inférieur à celui du marché noir, ce qui réduit à néant les trafics.

Les flâneurs auxquels ont été greffées calebasses et *bombillas*, dans la rue, n'ont pas besoin d'adjoindre du cannabis à leur potion. Le yerba maté leur suffit mais, bien qu'énergisant, il ne les pousse pas à presser le pas. La République orientale serait-elle un des premiers pays au monde à s'être libérés du stress ? À voir ses citoyens déambuler à pas comptés, on serait tenté de le croire.

Vous avez loué des vélos pour longer en direction de Carrasco les *ramblas* chauffées par le soleil, battues par le vent, qui longent des anses, des plages, des boulevards bordés de barres d'immeubles. Du monde sur les plages, mais sans excès. Tout se passe comme si Montevideo avait été oubliée de longue date par la frénésie de la planète, et vous vous y sentez bien.

Vous aimez les *murales*, ces peintures anarchiques et sans doute anarchistes qui racontent des coups de gueule ou des rêves de lendemains meilleurs, appellent à s'insurger et assènent ici et là, dans la ville, des slogans et des mantras que vous comprenez imparfaitement, soit qu'il vous manque un mot, soit qu'un pan du contexte vous échappe, comme dans des grilles de mots croisés aux définitions retorses. *¡Fuera Trump de America latina!* Leur univers et leurs couleurs psychédéliques capturent le regard. *¡Lula libre! Evo es paz!* Sur un mur blanc devant lequel est garée une Coccinelle, on a proclamé, de façon sans doute péremptoire : *¡No al golpe!* Non au coup d'État (en Bolivie). La majeure partie des *murales* de Montevideo, si ce n'est la totalité, votent à gauche. Âmes sensibles de droite s'abstenir. Il faut dire que depuis quelques années le cœur de l'Uruguay bat plutôt à gauche.

Les présidents uruguayens ne peuvent exercer deux mandats consécutifs. Celui de José Mujica, de 2010 à 2015, reste unique à plusieurs égards. Ce père tranquille de la gauche a marqué les mémoires, non seulement par ses réformes mais aussi par son style personnel. Ancien guérillero des Tupamaros, il a passé douze ans dans les prisons de la dictature d'extrême droite, de 1973 à 1985. Deux années durant, il est resté en isolement total. Au fond d'un puits. Sept ans sans pouvoir accéder à un livre. Autant dire qu'il a eu le temps de méditer. Dans les discours qu'il prononça en tant que président, sans porter de cravate – pas même aux Nations unies –, il appelait les gens à être heureux, s'élevait contre le dogme de la croissance et le consumérisme. « Soit on est heureux avec peu de chose, sans trop s'encombrer, car le bonheur, on l'a en soi, soit on n'arrive à rien. Je ne fais pas l'apologie de la pauvreté, mais l'apologie de la sobriété. Mais nous avons inventé une société de consommation en quête perpétuelle de croissance. Pas de croissance, et c'est le drame ! On s'est inventé une montagne de besoins superflus. Il faut constamment jeter, acheter, jeter... Et c'est notre vie qu'on dilapide. Quand j'achète quelque chose, quand tu achètes, toi, on ne le paie pas avec de l'argent. On le paie avec le temps de vie qu'il a fallu dépenser pour gagner cet argent[1]. » On a surnommé Mujica le « président le plus pauvre du monde » parce qu'il reversait 80 % de son salaire de chef d'État à un programme de logements sociaux, et parce qu'il rentrait seul au volant de sa vieille Coccinelle, le

1. Ainsi s'exprime-t-il dans le film documentaire *Human* (2015), de Yann Arthus-Bertrand.

soir, dans la ferme où il n'a jamais cessé d'habiter, aux environs de la capitale. Tout cela – ces décisions, ces belles paroles – serait resté à l'état de symboles si des mesures bien concrètes n'avaient été prises : légalisation de l'avortement, légalisation des mariages entre personnes de même sexe, renforcement du rôle des syndicats, lutte contre le secret bancaire et l'évasion fiscale, don de logements à des familles démunies, forte augmentation du salaire minimum, recul du taux de chômage et du taux de pauvreté, le tout adossé à une politique économique mesurée qui permit à l'Uruguay de vivre des années de… croissance.

Mujica n'est plus président. Octogénaire, il s'est retiré dans sa petite ferme. À Montevideo, vous avez vu ses livres sur les étals des librairies, ainsi que des ouvrages qui lui sont consacrés. Des aimants sont en vente avec son portrait agrémenté d'une citation, et pourtant l'Uruguay n'est pas une dictature en proie au culte de la personnalité : la droite est de retour au pouvoir.

L'Uruguay, où vous aviez cru voir tout d'abord le purgatoire, serait-il un petit paradis ? On croise peu de mendiants dans sa capitale. L'un des rares que vous avez vus est un réfugié vénézuélien qui faisait la manche à bord d'un bus. Nombreux sont ceux qui lui ont donné quelques pesos. Ils comprenaient son sort : il venait de plus loin que l'enfer. Pour le reste, il a l'air de faire bon vivre dans la « République orientale », même si un air de mélancolie flotte sur Montevideo. Cette mélancolie, qui a peut-être nourri les compositeurs de tango, vous la connaissiez avant même de venir ici. Vous vous étiez familiarisés avec elle au fil de vos lectures uruguayennes, à commencer par les nouvelles et les romans de Horacio Quiroga, Felisberto Hernández ou Juan Carlos Onetti. Un matin, vous vous retrouvez au pied du numéro 1497 de la rue Gonzalo Ramírez, près du front de mer, dans le quartier de Palermo. C'est au sixième étage qu'Onetti a vécu une dizaine d'années, de 1955 à 1965. Vous tentez de hisser vos yeux jusqu'à l'appartement, précédé d'un balcon à balustres. De là-haut, apercevait-il le Río de la Plata ? Vous imaginez des pièces sombres, avec de grands abat-jour, et puis des stores pour tamiser la lumière. Une plaque discrète, au coin de l'immeuble, témoigne de ces années. Sans doute vous sentez-vous des affinités avec Onetti parce que, au-delà des qualités de son œuvre, il a lui aussi traîné ses guêtres dans le journalisme, malgré une timidité qu'on disait maladive, et travaillé pour cette agence Reuters qui vous a permis de gagner votre vie, longtemps. Après tout, il avait quelque chose de *British* : il avait pour père un Gibraltarien, un O'Nety qui, allez savoir pourquoi, avait italianisé son patronyme. C'est la dictature qui l'a chassé de son berceau montévidéen, la même dictature qui jeta Mujica au fond d'un puits et le tortura. En 1974, Onetti fut arrêté parce que le jury littéraire qu'il présidait avait décerné un prix à une nouvelle jugée pornographique par les militaires. L'écrivain, qui, il est vrai, penchait vers la gauche – un peu, mais il en fallait peu à l'époque –, fut emprisonné et ne recouvra la liberté qu'au bout de trois mois, après une campagne internationale en sa faveur. Ensuite, ce fut l'exil.

À bien y réfléchir, ce qui vous attire chez cet écrivain, c'est sa façon de regarder sous la surface de la vie, de rechercher « ce qui affleure sous la couche du rêve », comme l'a écrit Ramón Chao, d'après qui l'œuvre d'Onetti « ne contient pas la moindre touche de couleur locale ni de description de paysages, ni de réalisme magique ». Mario Vargas Llosa n'est pas du même avis. Dans l'essai qu'il consacre à l'écrivain uruguayen

(*Voyage vers la fiction. Le monde de Juan Carlos Onetti*), le Prix Nobel de littérature estime qu'il reste dans ses livres un témoignage « subtil et allégorique » de la réalité culturelle et historique qu'il a prise pour modèle. À commencer par la mélancolie, sans doute ?

Il fut un temps où l'Uruguay était une pouponnière de grandes plumes : Lautréamont, Jules Supervielle et Jules Laforgue, Quiroga, Hernández et d'autres... Ce fut aussi un asile de nuit pour écrivains en quête de biotope. En 1930, à bord du *Highland Hope* (Espoir des hautes terres – nom peu prédestiné pour se rendre dans un pays qui culmine à 514 mètres), un certain Henri Calet fait son entrée dans le port de Montevideo. Il passera en Uruguay un peu plus de six mois, « qui font dans ma vie comme une grande tache fulgurante », ainsi qu'il l'écrira par la suite. Enfin ! Grâce à Calet, ma quête est récompensée. Comme la Patagonie, l'Uruguay a bien été une terre de fuite, et pas seulement pour des anarchistes et autres révolutionnaires.

Calet à l'époque ne s'appelle pas encore vraiment Calet. Son nom, au regard de l'état civil français, est Raymond-Théodore Barthelmess. Voilà un acte de naissance original pour un pseudonyme : avant d'être celui d'un écrivain, Calet est la fausse identité sous laquelle Barthelmess vit incognito en Uruguay. Car Barthelmess a quitté la France avec la caisse de son entreprise

(250 000 francs de l'époque, une somme importante) et avec un mandat d'arrêt international sur le dos… Calet : étrange nom pour le commerçant nicaraguayen qu'il prétend être… Calet est le premier personnage de fiction de Barthelmess.

Pourquoi s'arrête-t-il en Uruguay ? Barthelmess-Calet comptait initialement se rendre en Argentine. Sans doute le fait de retrouver à Montevideo son demi-frère Eugène le retient-il de traverser le Río de la Plata. Dans la capitale d'un Uruguay qui fait alors figure de Suisse de l'Amérique du Sud, Calet mène grand train et dilapide la somme subtilisée. Il souffrait déjà d'une addiction, les courses hippiques ; voilà qu'il s'en crée une nouvelle, la cocaïne. Fourvel évoque en ces termes la vie de Calet durant ces mois, au fil d'un récit inspiré (*Montevideo, Henri Calet et moi*) : « Dans les rues de Montevideo, Henri Calet roule dans une Chrysler haut de gamme. Il porte parfois un binocle. Il accumule des contraventions qu'il ne paie pas et reste toujours très aimable avec les policiers uruguayens. Mi-dandy mi-prolo, aristocrate ouvrier, gentleman voleur. » Calet reprend le bateau pour l'Europe le 12 avril 1931.

Vous avez beau savoir qu'il est reparti depuis belle lurette, vous aimeriez le voir descendre l'avenue du 18-Juillet à bord de sa « Chrysler haut de gamme », avec ou sans monocle, tout comme vous aimeriez apercevoir Onetti, avec son regard de fouine, attablé à un café que vous imaginez proche de la place de l'Indépendance – à un endroit où, précisément, il n'y en a pas. Peut-être flânait-il parfois tout près, sous les arcades du Palacio Salvo. Ce « palais », c'est la tour baroque et solitaire que vous aviez aperçue loin derrière les grues, au moment d'entrer dans le port, et qui donne un petit air de Gotham City à cette capitale assoupie ; elle étonne, détonne, rappelle les temps prospères où l'Uruguay était une petite Suisse locale. Quatre-vingt-quinze mètres de haut, vingt-sept étages et des tourelles d'angle en forme d'obus : le palais Salvo surplombe la place de l'Indépendance.

À vrai dire, il ne vous est pas véritablement étranger. Vous l'avez déjà vu quelque part, récemment, à moins que ce ne soit un cousin ou un demi-frère. À Buenos Aires, quelques jours plus tôt : on doit dans cette ville le Palacio Barolo au même architecte, Mario Palanti, immigrant italien qui s'était fixé dans la capitale argentine. Le Palacio Barolo est le premier des deux à être surgi de terre – on l'inaugura en 1923 sur l'Avenida de Mayo. À son sommet se trouve un phare à trois cent mille bougies, tout ce qu'il fallait pour que son rayon soit vu au sommet du palais Salvo. Sauf que celui qui avait eu une telle idée n'était pas une lumière : la courbure de la Terre rendait la chose tout simplement impossible. Le palais Barolo a beau mesurer cent mètres de haut (ce qui fit de lui, jusqu'en 1935, le bâtiment le plus élevé d'Amérique du Sud), ce n'est pas suffisant pour darder un rayon visible du haut du Palacio Salvo, lequel fut inauguré en 1928. Mais enfin, les palais Barolo et Salvo vous ont plu. Ils donnent aux deux grandes cités du Río de la Plata une touche excentrique. Car fantasque, Mario Palanti devait l'être un brin. Cet admirateur de Dante souhaitait faire du palais Barolo le mausolée du grand écrivain italien et y transférer ses cendres, ce que l'État italien s'empressa de refuser. Qu'à cela ne tienne, Palanti orna le palais de façon dantesque : les premiers étages furent consacrés à l'Enfer, les intermédiaires au Purgatoire et le Paradis prit ses quartiers tout en haut, comme il se doit. Palanti fit même venir d'Italie une statue représentant un aigle portant Dante, mais n'en vit jamais la couleur. Elle arriva bien dans le port de Mar del Plata mais, ensuite, sa trace se perd… Une réplique à l'échelle un tiers, réalisée d'après les croquis du sculpteur, fut installée dans le hall du Palacio Barolo.

Le Palacio Salvo ne s'embarrasse pas de références littéraires. Ce devait être un hôtel, projet qui n'aboutit pas, laissant place à des bureaux et à des appartements. La *ciudad vieja* commence un peu plus bas, sitôt passée la porte de la citadelle, en lisière de la place de l'Indépendance. Vous descendez par la rue Sarandí, voie piétonne relativement animée, puis vous marchez au hasard. Il vous arrive de déboucher dans une rue déserte, en pleine journée. À considérer le nombre de fenêtres et de portes condamnées, et aussi les véhicules défoncés qui semblent être là en stationnement depuis des lustres au bas de façades écaillées, vous vous demandez si vous n'avez pas pénétré à votre insu dans un studio de cinéma où l'on tourne le remake latino d'un film postapocalyptique. Quel est cet outre-monde, cette annexe du purgatoire qui aurait pu servir de décor à Antonioni ? Parfois, vous apercevez la mer à chaque extrémité de la rue que vous traversez ; une passerelle couverte et vitrée survole une avenue déserte au bas de laquelle s'élève une cheminée d'usine, sans fumée... Chirico a dû peindre ici naguère. Une barre d'immeuble qui doit bien faire ses cent mètres s'étire face à la mer. Et voici une banque, d'architecture constructiviste ou fonctionnaliste – années 20 ou 30 à coup sûr – dont les portes monumentales sont closes depuis qui sait quand. Banco La Caja Obrera. Chacune de ses trois portes peintes de bleu est surmontée d'une statue géante : Trabajo (le travail), Ahorro (l'épargne) et Comercio. Depuis quand l'âge d'or est-il révolu, ici ? Il est surprenant de trouver encore des musées en état de marche, comme le Museo Andos 1972, où vous décidez d'entrer. Un musée des Andes, ici, à quelques mètres d'altitude et si près de l'Atlantique ? Montevideo doit ce musée à son intérêt pour le rugby. L'Uruguay ne se passionne pas seulement pour le football et le tango mais aussi pour l'ovalie. Le 12 octobre 1972, un avion de l'armée de l'air uruguayenne décolle de l'aéroport de Montevideo à destination de Santiago du Chili, avec à bord une équipe de rugby à XV de la capitale, les Old Christians. Des chiens fous, des fils à papa de dix-neuf ans qui ne sont jamais sortis d'Uruguay et vont disputer un match au Chili, où ils rêvaient d'aller un jour. Ils vont découvrir la neige, échapper à la férule de leurs mères latines. Au départ, ils sont heureux, ils plaisantent. En raison d'intempéries sur les Andes, ils doivent cependant atterrir à Mendoza, dans l'ouest de l'Argentine, d'où ils redécollent le lendemain à destination du Chili. Un premier trou d'air sur les Andes. Olé ! crie-t-on de joie dans l'appareil. Un deuxième trou d'air. Olé ! L'avion, un Fairchild FH-227, vient d'entrer dans une tempête comme en décrit Saint-Exupéry dans *Vol de nuit*. Certains comprennent que l'affaire est sérieuse. Les superstitieux se souviennent qu'on est le 13, un vendredi 13 de surcroît. Dans la cabine de pilotage, on manque totalement de visibilité et l'on pense avoir franchi les Andes. Se croyant au-dessus de la plaine chilienne, le pilote – qui n'imagine pas un instant le sort que l'équipage réservera quelques jours plus tard à sa dépouille – entame la descente quand, tout à coup, des parois rocheuses surgissent de part et d'autre de l'avion. Une aile est arrachée, puis l'autre. Ce qui reste de l'appareil a la chance de glisser sur un glacier et s'immobilise dans la neige, à 3 600 mètres d'altitude. Certains occupants sont morts, d'autres grièvement blessés. D'autres s'en sortent avec des contusions.

Dès lors va se dérouler parmi les survivants l'une des expériences les plus dérangeantes sur la condition humaine. Elle va durer un peu plus de deux mois. Ces jeunes gens, tous chrétiens, jusqu'où sont-ils prêts à aller pour survivre ? Là-haut, le tabou de l'anthropophagie va être brisé par des enfants de bonne famille, vite confrontés à la pénurie de vivres. Que faire ? Se laisser mourir, ce qui équivaudrait à un suicide, acte que condamne l'Église catholique ? Ils espèrent être retrouvés, or il faut tenir le temps qu'arrivent les secours ; aussi, au bout de quelques jours, décident-ils de découper des muscles sur les corps de victimes et de s'en nourrir. Par un petit poste de radio, ils apprennent au bout d'une dizaine de jours que les recherches sont abandonnées. Vivants, ils sont tenus pour morts et survivent en taillant dans ceux qui, morts, le sont vraiment. Pourquoi ne tentent-ils pas véritablement d'échapper à ce cirque de glace ? Qu'attendent-ils ? Finalement, deux d'entre eux réussiront à atteindre une vallée chilienne, et une opération de secours sera déclenchée.

Après avoir été sauvés, les rescapés nient tout d'abord avoir consommé de la chair humaine ; ils le révèlent ensuite, lors d'une conférence de presse, en expliquant que ce fut là pour eux comme une communion, comme la Cène, le dernier repas du Christ. Absouts par le pape, ils obtiennent le pardon des familles des victimes.

En 1975, Hubert Haddad, jeune écrivain de vingt-huit ans, publie son deuxième roman : *La Cène*, sous-titré *Le dernier festin des cannibales*, inspiré de ce drame. Le livre prend à contre-pied le récit héroïque du « miracle des Andes » propagé par les documentaires et le cinéma, en mettant en avant la figure, à demi fictive selon l'auteur, d'un reporter, un réfractaire qui « refusa jusqu'au bout de manger de la chair humaine ». Peu après le sauvetage, un rescapé avait confié à des journalistes qu'un des survivants avait refusé jusqu'au bout de consommer de la chair humaine et avait fini par mourir. Haddad s'appuie sur ce témoignage et s'interroge : « Pourquoi n'avoir pas tenté d'emblée tous les diables pour s'en sortir, pourquoi avoir attendu des semaines un secours chimérique parmi les plaintes d'agonie des blessés ? » À cela, des rescapés ont répondu qu'ils avaient préféré attendre l'approche de l'été austral, avec sa météo plus favorable, pour franchir les pics enneigés, côté ouest, derrière lesquels se déroulaient les vallées verdoyantes du Chili… Le roman de Haddad, exploitant les failles du récit historique (repris par le Museo Andos 1972), hisse le drame au niveau de la parabole, y voyant « le destin d'une certaine forme cannibale et suicidaire des civilisations livrées au capitalisme sauvage, à l'ostracisme calculé des plus faibles, à la mise en coupe des ressources vitales, et pour finir à l'usage hypnotique des médias ».

Le musée présente différents objets récupérés sur le site de l'accident : les chaussures d'un passager, l'antenne du Fairchild avec laquelle les survivants tentèrent sans succès de remettre en marche la radio de bord, ou bien encore un blazer retrouvé en 2005 sur les lieux de l'accident. Il avait appartenu à Eduardo Strauch, l'un des rescapés, qui est retourné récupérer son bien en personne… On voit aussi un petit transistor – du même type et de la même marque que celui par lequel les survivants apprirent, consternés, l'abandon des recherches. Sur la mezzanine, un salon années 70 plonge le visiteur dans l'atmosphère de l'époque.

*

À la gare routière de Tres Cruces, d'où, le lendemain, vous allez partir pour Colonia del Sacramento, le voyageur peut acheter un peu de tout – d'inévitables coques pour téléphones portables, des bonbons, des vivres, des livres. Celui qui aurait envie de feuilleter un journal, en revanche, montera bredouille à bord de son autocar.

Trois heures de route, à la mi-journée, entre Montevideo et Colonia, présentée comme la ville la plus ancienne d'Uruguay (fin du XVIIe siècle). Le paysage vous lasse rapidement. Il fait penser à certaines régions du centre de la France, avec en plus des eucalyptus, des eucalyptus... L'autocar fait halte parfois en rase campagne, comme à « 114 » (sans doute une cote kilométrique) : aucune habitation n'y est visible à des centaines de mètres à la ronde.

Charmante carte postale, Colonia, avec son phare, ses ruines, ses vieilles carrosseries américaines, ses Coccinelle qui cahotent sur des rues pavées, dans l'ombre de palmiers ou de *Ceiba speciosa* (ou *palo borracho*) ventrus, hérissés d'épines. Il y a quelque chose de subtropical dans cette Colonia alanguie par la canicule. Dans la cour de l'hôtel, un oiseau-mouche au vol stationnaire, comme un minuscule hélicoptère de ravitaillement, butine de son très long bec le nectar d'un bougainvillier.

À cinquante-six ans, nul n'est jamais certain de retourner un jour dans un si petit pays si lointain, dont le charme discret ne quitte plus vos pensées, cependant. Votre esprit y est toujours, bien que vous soyez sorti de la carte postale « Colonia » pour retraverser le Río de la Plata à destination de Buenos Aires. Vous y êtes toujours, maintenant que vous avez décidé d'écrire quelques pages sur ces journées particulières, avec une pensée qui ne quitte plus votre esprit : vous avez passé là-bas un peu de votre vie à l'écart de la Terre. Ces journées, vous les rapprochez étrangement d'un séjour à Lisbonne, face au Tage. Là-bas aussi, vous aviez eu la troublante impression d'avoir glissé – oh, très légèrement, et pour peu de temps – hors du monde. Comme si l'Uruguay n'était qu'un songe.

Un roi de Patagonie

« En dehors du tango, des gauchos, de la richesse supposée d'un pays qui n'en reste pas moins mystérieusement pauvre, de la légende d'Eva Perón pour les gens d'une certaine génération, images isolées flottant à la surface de nos représentations, il est évident que mes interlocuteurs européens ont du mal à se faire une idée à peu près vraisemblable de l'Argentine », écrivait Juan José Saer en 1991.

Vingt ans plus tard, cela n'a pas beaucoup changé. Peut-être l'Argentine n'est-elle pas assez riche en stéréotypes nationaux universellement identifiables. Peut-être est-elle à la fois trop hétéroclite dans ses paysages, trop brouillonne dans son histoire, trop banale dans ses architectures urbaines, trop provincialement martiale dans ses figures de grands hommes, trop discrète dans son influence sur la marche du monde – ou tout cela à la fois. Sur les cartes postales que vendent les magasins de babioles touristiques à

Buenos Aires et ailleurs, on trouve des images de parcs et de jardins, de statues équestres, de montagnes et de glaciers de Patagonie, de grandes avenues portant des noms d'illustres généraux ou de dates historiques, et quelques-unes qui rassemblent à l'attention des touristes les figures les plus connues, ou supposées être les plus connues, du pays – ses meilleurs ambassadeurs en somme : Evita Perón (qui en réalité ne dit pas grand-chose à grand monde ailleurs qu'en Argentine), Mafalda (idem), Che Guevara (que certains croient cubain, et d'autres bolivien), le pape François, Diego Maradona et Lionel Messi (ces deux derniers étant probablement les plus universels). Parfois, rarement, on trouve aussi Borges et son regard de tortue aveugle. Qu'aurait-il pensé, d'ailleurs, du fait de se retrouver ainsi aux côtés de figures par lui honnies (Perón), méprisées (des stars du football), voire ignorées (Mafalda) ? Pour ce qui concerne Che Guevara, dont le père, Ernesto Guevara Lynch, fut son condisciple au collège, il est permis de se poser la question, la fascination de Borges pour l'héroïsme et les faits d'armes pouvant peut-être faire passer la pilule du communisme, qu'il détestait au moins autant que le péronisme. Peut-être. Et peut-être pas : on dit en effet que lors de leur scolarité commune, le père du Che aurait giflé le futur écrivain parce qu'il s'était plaint auprès d'un professeur que

« ce garçon » l'empêchait de travailler – à la suite de quoi Ernesto Guevara père avait été renvoyé de l'établissement. Faut-il en déduire que seul le pape actuel, qui de plus l'avait lu, et qu'il avait rencontré lorsque celui-ci était archevêque de Buenos Aires, aurait trouvé grâce à ses yeux ? Disons que cela n'est pas impossible. Mais pour en revenir à l'image, ou à l'absence d'une image simple et aisément identifiable de l'Argentine, peut-être finalement est-ce une chance pour le pays que, sans avoir à passer par la case stéréotypes, ce soit sa « réalité complexe » qui finalement s'impose.

Pour la région nommée Patagonie, en revanche, cela semble plus simple : c'est vaste, majoritairement plat du côté argentin (la pampa), hérissé de montagnes et dentelé de fjords inextricables côté chilien, riche en glaciers et en lacs, le vent y souffle fort d'ouest en est, et il n'y a pas grand monde (cinq habitants au kilomètre carré). Voilà qui peut correspondre, peu ou prou, à la réalité.

Pendant longtemps, la Patagonie fut une page blanche sur laquelle pouvaient s'écrire les rêves et les espoirs des aventuriers, des fugitifs, des proscrits, des rêveurs et des fous. Elle n'était peuplée que de rares Indiens, dont on disait, en Europe, que certains étaient peut-être des géants. Jusqu'au milieu du XIXe siècle, l'Argentine et le Chili, trop occupés à se constituer comme États indépendants, et soumis de ce fait à diverses guerres civiles et guérillas, n'avaient pas entrepris de véritable campagne colonisatrice sur les quelque huit cent mille kilomètres carrés, une fois et demie la France, qu'occupaient les Mapuches, ou Araucans, et plus au sud les Tehuelches, ou Aonikenks. Les « campagnes du désert », opérations militaires génocidaires menées à partir de 1875 par le général et futur président argentin Julio Argentino Roca, et les guerres de conquête chiliennes du général et président Bernardo O'Higgins, qui quant à elles débutèrent quelques décennies plus tôt, n'établirent que dans le courant des années 1880 la domination définitive de ces deux pays sur l'ensemble de la Patagonie – domination sur les anciens territoires des peuplades originelles, certes, mais dont le partage était encore disputé, les frontières n'étant définitivement fixées qu'en 1902 par le roi de Grande-Bretagne Édouard VII. Tant qu'elle n'appartint officiellement à aucun État constitué, la Patagonie resta un territoire vaste et infréquenté, propice aux rêves de gloire et d'aventures, propice à accueillir les projets les plus fous, ou les ambitions les plus démesurées – celle d'y fonder un royaume par exemple, ou une république. On pourrait ainsi mentionner cette tentative de créer une colonie galloise dans la région du Chubut (où Butch Cassidy et le Kid viendraient s'installer quarante ans plus tard) ; ou celle d'un Allemand nommé Otto Tipp qui créa en 1912 les premières brasseries dans la petite ville d'El Bolsón et dont l'écrivain chilien Luis Sepúlveda dit qu'il « réussit à convaincre les habitants de la nécessité de se séparer de l'Argentine et de devenir une république indépendante » – république qui dura trois mois, jusqu'à l'arrivée des troupes de Buenos Aires ; ou encore évoquer des figures comme celles de Hermann Eberhard qui, en échange de l'exploration de la région de Puerto Natales pour le compte du Chili, demanda droit de propriété sur toutes les terres qu'il trouverait, puis finit par s'établir dans les fjords de l'Ouest et fonda l'Estancia de Puerto Consuelo après avoir découvert en 1895 la fameuse grotte du Mylodon, ce gigantesque paresseux préhistorique dont Bruce Chatwin dit avoir trouvé un fragment de peau chez sa grand-mère, ce qui fut le point de départ de son expédition en Patagonie. On pourrait aussi évoquer la ruée vers l'or de la Terre de Feu à partir de 1885, au cours de laquelle le Roumain Julius Popper tenta de former un royaume indépendant, allant jusqu'à frapper monnaie et émettre ses propres timbres – il en sera question plus loin. Ou bien ce Français, Antoine de Tounens, auquel Jean Raspail a consacré un roman (*Moi, Antoine de Tounens, roi de Patagonie*) ainsi que quelques pages, davantage documentaires, dans un livre de souvenirs consacré à la Patagonie, *Adiós, Tierra del Fuego.*

Antoine Tounens est né en 1825 dans un village périgourdin. En 1857, année où son père achète la particule qui sera désormais accolée à son nom, il vend sa charge d'avoué à Périgueux, adhère à la franc-maçonnerie, présente aux membres de sa loge un projet de fonder une

« Nouvelle-France » dans les lointaines immensités de la Patagonie, et s'apprête à embarquer. On ne sait pas très bien quelles sont ses motivations initiales. Peut-être éprouve-t-il cet étrange sentiment que les Finlandais désignent sous le nom de *kaukokaipuu*, mot à mot « désir ardent » (*kaipuu*) de « ce qui est lointain » (*kauko*) : une forme de nostalgie, voire de paradoxal mal du pays, pour un endroit que nous ne connaissons pas, que nous n'avons vu qu'en images, ou en imagination. Le fait est en tout cas qu'elles rejoignent un idéal typiquement franc-maçon, qui serait de réaliser les États-Unis d'Amérique latine. Certes il n'est guère plus qu'un avoué, par surcroît fils de paysan, mais Bernadotte, se dit-il peut-être, avait bien été lui aussi avoué à Pau avant de devenir roi de Suède.

À cette époque, les « guerres de pacification » argentines contre les Tehuelches n'ont pas encore commencé. Le gouvernement chilien en revanche lutte déjà depuis une vingtaine d'années contre ses propres Indiens (les Araucans, ou Mapuches), et ses troupes subissent de nombreuses défaites. Quelques années plus tôt, un autre aventurier, un Américain nommé Jeremiah N. Reynolds, ex-marin, futur avocat, écrivain, conférencier et chercheur d'or, qui avait été l'ami d'Edgar Allan Poe et allait écrire en 1837, soit quatorze ans avant le roman de Melville, un récit de chasse à la baleine intitulé *Mocha Dick, la baleine blanche du Pacifique*, avait participé à ces guerres de conquête – mais du côté chilien, où il avait obtenu un grade de colonel. En 1859, Tounens, après avoir appris l'espagnol et des rudiments de langue mapuche, choisit quant à lui l'autre camp : dans la cordillère, il rejoint les Araucans et se présente à un de leurs chefs, ou *loncos*, nommé Quilapán. Son but est d'unir les tribus araucanes contre le gouvernement chilien, et de les aider à créer un État pour le peuple mapuche dont lui, Tounens, serait le souverain. Sont-ce sa haute taille, ses longs cheveux et sa barbe bouclée, sa prestance naturelle, son dynamisme, son talent oratoire peut-être, qui jouent en sa faveur ? Toujours est-il qu'il est écouté avec attention, puis avec enthousiasme, finit par convaincre Quilapán, qu'il nomme dans la foulée ministre de la Guerre de son futur gouvernement, et parvient à rassembler contre le gouvernement chilien quelques tribus dont les chefs l'élisent roi sous le nom d'« Orélie-Antoine Ier, roi d'Araucanie et de Patagonie » (plus tard ce sera « Orllie »). Quelques batailles surviennent, quelques victoires. En novembre 1860, lors d'une assemblée mapuche, Antoine de Tounens décrète unilatéralement que le royaume existe bel et bien : il est délimité par les fleuves Biobío et Río Negro au nord, le détroit de Magellan au sud, l'océan Atlantique à l'est, et le Pacifique à l'ouest, pas moins ; sa capitale est Perquenco, et son souverain Orélie-Antoine Ier – lequel le dote aussitôt d'une Constitution. Voilà une affaire rondement menée. Comme diraient les lacaniens, Tounens a été tellement « amoureux de son désir » qu'il est parvenu à le réaliser.

Le problème est que personne ne le sait, hormis Tounens lui-même, et quelques chefs araucans. Il a pourtant adressé aux gouvernements argentin et chilien une demande officielle de reconnaissance, qu'ils ont bien entendu ignorée, n'étant pas vraiment prêts à reconnaître une quelconque sécession des régions du Sud au profit des Mapuches, ou Araucans, quel que soit le nom qu'on leur donne, des sauvages en tout cas, emmenés par un mystérieux chef de guerre français, monarque autoproclamé – sans nul doute un zozo. La répression s'accroît, les batailles se multiplient. Tounens cherche un appui auprès du Brésil, du Paraguay, de la France – mais tous se détournent de lui. En 1861, victoires et défaites font à peu près jeu égal, mais en 1862 la tendance s'inverse, et Tounens est capturé et fait prisonnier au Chili. On l'interroge sur ses intentions, ses motivations. Le bonhomme parle haut, il ouvre de grands yeux, fait de grands gestes, se prétend roi : on le considère comme fou. Le royaume d'Araucanie et de Patagonie aura duré deux ans. Tounens, lui, reste six mois sous les verrous puis, de Valparaíso, on le renvoie en France. Il s'installe alors à Paris. Pendant six ans il publie des manifestes qu'il signe du nom d'« Orllie Ier, roi d'Araucanie et de Patagonie ». Il n'a que deux idées en tête : repartir au Chili pour reconquérir son royaume, et se faire reconnaître par les souverains européens. Il écrit à Napoléon III, au pape. Il finit même par assembler autour de lui une petite cour de curieux, de doux dingues, de types qu'amuse ce grand gars débonnaire et un peu illuminé, auxquels il décerne titres et décorations. Il fréquente le cabaret du Chat noir, où des groupes de jeunes gens un peu poètes, un peu artistes, pas mal poseurs, parfois faiseurs, plaisantent sur cet original qui se prétend roi, et jouent à lui laisser croire qu'ils reconnaissent ses titres et adhèrent à ses délires. L'un d'eux, le médecin Antoine-Hippolyte Cros, le frère de Charles, y croira tout de même un peu, puisqu'il sera plus tard le quatrième souverain du royaume d'Araucanie et de Patagonie, après Antoine de Tounens lui-même, son neveu Adrien et un nommé Achille Laviarde. Un autre, le poète François Coppée, recevra des mains de Tounens une décoration (la médaille de la « Société royale de la Constellation du Sud »). Verlaine écrira plus tard avoir été introduit (« ô qu'il y a belle lurette ! ») par François Coppée dans des soirées chez « l'éminent docteur Antoine Cros » où l'on croisait « un roi d'Araucanie première manière, des médecins très décorés, des hommes du monde diplomates »…

Les six années passent. En 1869, Tounens parvient à mener à bien son projet de retour au Chili, et convainc un nommé Antoine Planchu de se joindre à lui. Il débarque cette fois à l'extrême nord de la Patagonie argentine, au sud de Bahia Blanca. De là il traverse la steppe avec Planchu. Tounens est grand, Planchu petit et rond : on les imagine, Don Quichotte et Sancho, pas un chevalier mais un roi, accompagné de son aide de camp, deux illuminés traversant la Mancha patagone, sans Rossinante ni mulet attitrés mais avec des moyens de fortune – à pied, à cheval et parfois même en voiture. À la différence près que Sancho, dans ce cas précis, nourrit à l'égard de Quichotte de mesquines pensées, envisageant ni plus ni moins de le renverser et devenir calife à la place du calife. C'est bien connu, le pouvoir, la pompe et les apparats, si modestes soient-ils, ont toujours fasciné les cœurs faibles – les autres aussi, d'ailleurs. Dans leur traversée de la steppe patagone, Tounens tente de rallier au passage les Indiens Tehuelches qui, n'ayant pas grand-chose à faire de ses prétentions monarchiques, pour ne pas dire rien du tout, se méfient de lui et le capturent, ainsi que Planchu. Quelques Mapuches passent par là, qui parlementent, les libèrent et les embarquent avec eux. Après des centaines de kilomètres de platitude morne, hypnotique et balayée par des vents incessants, ils atteignent les Andes, qu'ils traversent jusqu'à rejoindre l'autre versant, côté chilien, où Tounens retrouve Quilapán et reprend la guérilla. Pendant les mois qui avaient précédé son arrivée, les batailles entre tribus mapuches et troupes chiliennes s'étaient multipliées. Pour le gouvernement, cela ne faisait aucun doute : le véritable instigateur de ces troubles était l'autoproclamé roi d'Araucanie. Lorsqu'on le sait de retour, sa tête est mise à prix, si bien qu'en 1871, jugeant plus prudent de se faire discret, il rentre en France, tout en promettant de revenir. Planchu quant à lui préfère rester. Quelques mois plus tard on apprend que Planchu s'est lui-même proclamé roi, est parvenu à convaincre une poignée de chefs de guerre mapuches, et a lancé quelques offensives contre les forces chiliennes. Peu de temps après, il est assassiné – voilà ce qui arrive aux usurpateurs, se dit peut-être, non sans satisfaction, Tounens, qui nourrit dès lors un projet plus stratégique : faire se dresser les uns contre les autres Chiliens et Argentins, ce qui ne pourra que profiter au royaume d'Araucanie et de Patagonie. Il rembarque pour l'Amérique du Sud. En 1873 le voici à nouveau à Bahia Blanca, d'où il espère une fois encore traverser la steppe, rejoindre les Andes, et provoquer des incidents de frontière afin de créer le chaos et soulever les tribus araucanes. Mais en vain : cette fois ce sont les Argentins qui l'arrêtent. En avril 1874, il est à nouveau emprisonné et transféré à Buenos Aires. Comme on ne sait que faire de lui, on finit par le libérer en octobre, et il rentre en France. Il revient à Paris, où il vit dans une extrême pauvreté. Cependant il n'a pas dit son dernier mot – du moins s'en persuade-t-il. C'est qu'il a cinquante ans passés à présent, un âge où commencent à faiblir les engouements de jadis, et où, pour peu que les revers de fortune n'aient cessé de s'accumuler, une lassitude physique et morale finit par miner de l'intérieur, jusqu'à annihiler la volonté nécessaire à certains efforts que l'on sait, au fond de soi, inutiles et vains. Tout cela, il le devine, il le sent, mais ne se le dit pas encore tout à fait. Il embarque à nouveau – pour la quatrième fois. On le retrouve à Buenos Aires en 1876, parmi les émigrants. Il ne dépassera pas les quartiers du port. Exit l'Araucanie, exit les guerres mapuches, exit les royautés magnifiques. Personne ne prend au sérieux ce pseudo-roi déchu, qui réclame un trône qui n'a jamais existé. On se moque de lui, on le maltraite. Il est malade, sombre dans les bas-fonds de Buenos Aires où on le repêche par hasard. Il est emmené dans un hôpital, puis rapatrié en France. Là il est hébergé à Tourtoirac, un village de Dordogne, chez son neveu Adrien, qui prendra sa succession. Il exercera un temps la fonction d'allumeur de réverbères. Il y meurt en 1878, après avoir suscité dans le village un peu de curiosité, un peu de compassion peut-être, beaucoup d'indifférence, et pas mal de moqueries. Sur son acte de décès est cependant indiquée sa qualité d'« ex-roi d'Araucanie et de Patagonie », et sur sa pierre tombale est gravé : « Ici repose De Tounens Antoine Orllie Ier Roi d'Araucanie et de Patagonie Dc à Tourtoirac le 17 7bre 1878 ». On trouve aujourd'hui un buste érigé par la municipalité en 2016, face à la maison où il est mort.

Antoine de Tounens a échoué : il n'a jamais été roi de rien (sauf, unilatéralement, pendant deux ans), juste un pauvre diable moqué et méprisé. Mais à bien considérer les choses, et à voir comment, parfois, s'enchaînent les événements, s'entrelacent les enjeux géopolitiques, se font et se défont les alliances et se dessinent les frontières, on se dit qu'il s'en est peut-être fallu de pas grand-chose ; que si tout cela s'était produit une vingtaine d'années plus tôt, les équilibres auraient pu basculer ; ou alors qu'il aurait suffi d'une alliance avec quelques tribus indiennes de plus, ou avec un gouvernement voisin désireux d'affaiblir le Chili, pour que des enchaînements à peine différents de causes diverses et multiples aient réussi à infléchir la réalité vers d'autres conséquences. On se dit, en somme, qu'il *aurait pu* réussir. Et de fait, d'une certaine manière il a réussi, puisque aujourd'hui encore le « royaume d'Araucanie et de Patagonie » existe bel et bien – royaume purement virtuel, certes, mais dont continuent de se réclamer les successeurs d'Antoine de Tounens, qui prennent très au sérieux leurs titres de noblesse imaginaires.

Le glacier qui refuse de reculer

Sol martien avec parfois, au creux d'une doline, un résidu salin. Puis un fossé d'effondrement : de l'eau a dû couler jadis sur cette

planète. Quelques buttes d'un ocre foncé. Tibesti, Hoggar ?

Patagonie. Soudain, de l'eau. Et que d'eau ! Un serpent de jade, qui rappelle certaines représentations du Quetzalcóatl des Aztèques, glisse vers – ou s'en échappe – un lac dont on ne voit pas la fin. Notre avion se pose à El Calafate, grosse bourgade de vingt-cinq mille habitants qui a poussé voici un siècle tout en bas de l'Argentine, au pied des Andes.

À l'aéroport Comandante Armando Tola, dont la piste longe la berge du Lago Argentino, il n'est pas aisé d'atteindre la voiture de location, à l'autre bout du parking. Avez-vous souvent un vent pareil ? L'employée de l'agence me répond avec un sourire en coin : « Tous les jours… Vous devrez faire attention à deux choses en conduisant : aux animaux et au vent. »

El Calafate est pour le moins étendu – étiré de tout son long, dirait-on s'il s'agissait d'un chat, sur un faux plat qui glisse vers le Lago Argentino, le plus vaste et le plus austral des grands lacs de Patagonie argentine. Nous aurons tout le temps de l'observer de la fenêtre de la chambre d'hôtel, situé tout au bout de la rue principale d'El Calafate, qui s'appelle inévitablement Avenida del Libertador, ce qui, en français, donnerait quelque chose comme « avenue du Général-de-Gaulle ».

Dans ces contrées où l'homme est rare, la nature est reine. Tout contre le lac, autour de deux grands étangs s'étend la réserve ornithologique Laguna Nimez, où poussent non seulement des joncs et des ombellifères, mais aussi l'arbuste qui donne son nom aux lieux : *el calafate*, c'est-à-dire le berbéris à feuilles de buis, réputé pour ses baies aux airs de myrtilles, dont on fait des confitures ou de la liqueur. Ces baies doivent réjouir les oiseaux de la réserve : des passereaux peu farouches comme la lessonie noire ou le chardonneret à menton noir. Dans la taille au-dessus, la réserve accueille l'ouette (ou bernache) de Magellan et l'élégant canard de Chiloé, du nom de la grande île chilienne de la côte pacifique. Le flamant du Chili (ou flamant austral) pêche avec componction au milieu des étangs. Il avance à pas comptés, point trop n'en faut ; ses décollages sont rares mais splendides car alors il déploie les flammes orangées de ses ailes – un orangé profond frangé de noir. Ces incendies sont de courte durée, retombant dans l'eau quelques dizaines de mètres plus loin.

Au-delà de la lagune et de la ville, la steppe patagonne. Les couleurs sont pures, la lumière est lustrale sous les bourrasques qui n'emportent aucune fumée d'usine. On voit très loin, à El Calafate ; la vue porte vers les replis où naît le Lago Argentino, dans les Andes dont les canines blanches pointent derrière un premier plan de collines. Ce sont les Andes qui attirent les estivants et randonneurs croisés le soir sur l'avenue du Libérateur ou dans les restaurants, comme ce Pura Vida, qui tire son nom d'une expression du Costa Rica signifiant à la fois « bonjour », « tout va bien » ou encore « pas de problème » et dresse ses tables en face des bureaux, à façade bleue, de l'Alliance française.

J'allais oublier le plus curieux. Dans le ciel évoluent d'étranges vaisseaux sphériques appelés *altocumulus lenticularis* dont la silhouette peut évoquer soit un ovni, soit un tricorne, et ces nuages exotiques ont la particularité de se former en aval des sommets. Quel atelier fabrique ces zeppelins fantômes et les envoie flotter au-dessus d'El Calafate ? Nous en verrons d'autres le long des Andes, plus au nord, mais dès que nous nous éloignerons de la cordillère, ils disparaîtront.

La grande affaire, par ici, ce n'est cependant ni El Calafate, ni son lac turquoise, ni les envols de flamants. Il faut aller la chercher au pied de la grande barrière, à quelques dizaines de kilomètres plus à l'ouest. Une route impeccablement rectiligne mène au pied de la cordillère. La notion de virage est toujours inconnue par ici. Tourner ? À quoi bon, parmi ces platitudes sans fin ? Lorsque la chaussée infléchit légèrement son tracé, un panneau le signale plusieurs centaines de mètres à l'avance, le temps que le chauffeur encaisse l'information et prenne les mesures qui s'imposent : exercer une pression presque imperceptible sur le volant pour suivre l'infime mouvement de la route, qui renoue sitôt après avec la ligne droite, il va sans dire, et cette route tranche donc en ligne droite une steppe broutée par quelques vaches et moutons voués à finir en *asados* sur *parilla*. Il arrive parfois que la route ondule, comme surfant sur des vagues d'herbe, et vous voyez alors le ruban d'asphalte rebondir deux fois, trois fois de suite, sans dévier de son cap… Et au bout de cette partie de saute-mouton, voici drapée de blanc la grande barrière appelée cordillère avec, à ses pieds, des glaciers spectaculaires qui attirent chaque année des centaines de milliers de curieux du monde entier.

Au bout de la route se dessine le petit port de Puerto Punta Bandera, d'où nous partons à la rencontre des glaciers, d'un fjord à l'autre, à bord du *Cruz del Sur.* Ciel encore dégagé, quoique des nuages s'amassent autour des sommets. Plusieurs condors tournoient à la verticale du bateau, très haut, mais il n'y a pas à se tromper, ce sont bien eux : rémiges écartées au bout des ailes, collerette blanche qui leur fait comme une fourrure autour du cou. Les grands condors des Andes, plus grands oiseaux volants terrestres… Ils planent un moment et puis s'en vont, ayant épuisé le sujet *Cruz del Sur.*

Cruz del Sur qui, bientôt, accoste dans une anse turquoise ourlée d'une végétation luxuriante ; non, ce ne sont pas les Caraïbes, malgré les apparences. Notre petite troupe de marcheurs, descendue à terre, traverse une forêt de hêtres antarctiques (*Nothofagus antarctica*), qui n'ont pas grand-chose à voir avec leurs homologues européens. Plutôt des arbustes que des géants, avec leurs feuilles minuscules – on dirait celles d'un bonsaï – et leur tronc rabougri. À leur pied pousse une orchidée blanche, *Codonorchis lessonii*, surnommée pour je ne sais quelle raison « palomita » en Argentine. Elle nous accompagnera tout au long du voyage, jusqu'aux forêts de l'île Navarino, au-dessus de Puerto Williams, où je l'apercevrai en suant sur les sentiers raides.

En quelques dizaines de kilomètres, nous avons quitté la steppe et ses buissons de mata grise pour un biotope humide. L'eau abonde ici. Au bout d'un moment de marche, voici une cascade très large, à plusieurs paliers, comme aucun jardinier n'a jamais imaginé en concevoir pour le parc de son roi ou de son tsar. Elle forme ensuite un large torrent qui fascinerait bien des pêcheurs et se jette vite dans le *lago*.

Nous avons repris le bateau. Un moment plus tard, nouvelle halte, cette fois au pied du Cerro Negro, un sommet qui en impose, cerclé de glaciers. Les Andes ne culminent pas bien haut par ici (entre deux et trois mille mètres, le plus souvent), mais comme les glaciers s'aventurent très bas, et de même les névés, et comme la barrière de la cordillère est impressionnante avec ses cimes très découpées, on se croirait facilement à très haute altitude. Or, le Lago Argentino s'étend à un peu moins de deux cents mètres d'altitude et plusieurs glaciers géants viennent s'y jeter, y « vêler » comme on dit chez les glaciologues, c'est-à-dire faire des petits : des icebergs bleutés qui dérivent comme des canards en plastique.

Car voici maintenant le meilleur de la journée, qui se profile sous l'aspect d'un liseré blanc tout au loin, lorsque nous embouquons le Canal de los Témpanos, ou chenal des icebergs... Le légendaire glacier Perito Moreno dont les photos

ont fait le tour du monde barre la perspective sur un front de plusieurs kilomètres, précédé d'une escadre d'icebergs bleutés. Plus on s'en approche et plus le front de cette cohorte figée dans la glace impressionne, avec ses lances, ses pointes acérées et ses armures de géants. Soixante à soixante-dix mètres de hauteur de glace nous contemplent… Le Perito Moreno n'est pas le plus vaste glacier à se jeter dans le Lago Argentino ; le glacier d'Upsala, découvert en 1901, le surpasse en superficie avec ses 847 kilomètres carrés (en 2010), pour une longueur de 50 kilomètres. Et encore Upsala recule-t-il à un rythme rapide : au cours des vingt-cinq dernières années, il a perdu dans les 50 kilomètres carrés. Deux photos prises au même endroit, à près de quatre-vingts ans d'intervalle, témoignent de son recul. La première, en noir et blanc, date de 1928 ; l'autre, en couleurs, est de 2006. Upsala n'en demeure pas moins un géant, face auquel le Perito Moreno peine à rivaliser, avec ses 30 kilomètres de long et 250 kilomètres carrés de superficie. Il dispose pourtant d'un atout rarissime en ce début de XXIe siècle : contrairement à la plupart de ses confrères patagons, il défie les changements climatiques. Il ne recule pas. Depuis une centaine d'années son état est quasi stationnaire, sa taille n'a pas évolué. À la fin du XIXe siècle, le front du glacier se trouvait à 750 mètres en amont et le Perito Moreno a avancé jusqu'en 1917, pour camper depuis lors sur ses positions. De fait, il progresse de deux mètres par jour, mais des pans s'effondrent régulièrement dans l'eau, si bien que le glacier donne l'impression d'une grande stabilité. Au cours des dernières décennies, pourtant, les glaciers ont reculé en Patagonie plus vite que partout ailleurs dans le monde. De 1945 à 1975, le champ de glace Nord de Patagonie a perdu 93 kilomètres carrés. Au cours des vingt années suivantes, il en a cédé pratiquement le double : 174 kilomètres carrés. Qu'est-ce qui fait du Perito Moreno une exception ? La topographie des lieux et le microclimat sont avancés comme des raisons possibles. Le Perito Moreno n'est pas un glacier autonome, il est adossé à un minicontinent de glace appelé

Campo de Hielo Patagónico Sur – champ de glace Sud de Patagonie –, qui couvre 16 800 kilomètres carrés (deux fois la Corse) et s'étire sur 350 kilomètres de montagne.

Accoudés aux rambardes en bois de la promenade face au glacier, nous attendons la rupture de blocs de glace, leur chute dans l'abîme, signalée par un fracas d'orage et puis par des remous, par une onde soulevée à la surface de l'eau. Il s'en produit régulièrement. Les effondrements les plus spectaculaires peuvent provoquer des raz-de-marée sur le rivage, strictement interdit aux promeneurs. Ces vagues meurtrières ont emporté et noyé des dizaines de flâneurs en quelques décennies.

Le Perito Moreno est un des ultimes pachydermes de la dernière période glaciaire. Survivra-t-il à l'anthropocène ? À son maximum, il atteint la profondeur phénoménale de sept cents mètres d'une glace que l'on dit de plus en plus bleue à mesure que l'on remonte le temps. Ce maximum doit se situer non loin de la frontière chilienne et de la ligne de crête.

Perito Moreno n'est pas seulement le nom d'un glacier. Bien plus au nord, dans les Andes, un parc national porte aussi ce nom, de même qu'une petite ville sur la Ruta 40, quelque part entre Bariloche et El Calafate. Perito Moreno est en fait un personnage célèbre en Argentine. Francisco Pascasio Moreno de son vrai nom, il est surnommé *perito* : expert. Nous retrouverons ce naturaliste, explorateur, géographe et anthropologue plus tard dans le cours de ce récit car il est omniprésent en Patagonie. Pour rester dans le secteur d'El Calafate, c'est lui qui donna son nom au Lago Argentino, lorsqu'il atteignit ses rives, en février 1877. De fait, le lac avait été « découvert » quatre ans plus tôt par un marin du nom de Valentín Feilberg mais celui-ci l'avait pris pour un autre lac, Viedma, situé quelques dizaines de kilomètres plus au nord et déjà connu depuis plusieurs décennies... Toujours est-il que jusqu'en 1873 les Blancs, pourtant présents depuis trois bons siècles en Amérique du Sud, ignoraient tout du Lago Argentino.

Ajoutons seulement que les expéditions de Perito Moreno dans la région ne furent pas de tout repos. Entre le Lago Argentino et le sommet appelé Fitz Roy, il fut attaqué un jour de 1877 par une femelle puma ; en souvenir de ce drame, l'endroit fut baptisé La Leona.

Parmi les autres réjouissances que lui réserva la région, Perito Moreno fut fait prisonnier par des Indiens Tehuelches, en 1880. Il parvint à leur échapper *in extremis*, la veille du jour où il devait être exécuté...

Quitter le front du glacier par bateau est plus saisissant encore qu'aller à sa rencontre. L'excitation de la découverte laisse place à un autre état d'esprit, rêveur. À l'arrière du *Cruz del*

Sur, les voyageurs observent un mutisme parfait, les yeux fixés sur la barrière de glace d'un bleu saphir. Chacun cherche à retenir au plus profond de sa mémoire ce qu'il ne reverra vraisemblablement jamais. Et la langue de glace diminue, rétrécit avant de disparaître quand le bateau quitte le Canal de los Témpanos.

Le *Cruz del Sur* nous a reconduits en fin d'après-midi à Puerto Punta Bandera. Une heure plus tard, nous voilà de retour à El Calafate, après avoir retraversé les « steppes plus inhabitées que la mer » dont parle Saint-Exupéry dans *Vol de nuit*.

El Calafate vit du Perito Moreno. Excursions en vente dans toutes les officines, nombreux restaurants et cafés... Il n'est pas nécessaire de pratiquer bien longtemps cette ville pour se dire qu'elle est un bon condensé d'Argentine et du penchant de ce pays pour la bureaucratie. Je me rends à la poste pour acheter des timbres et, après un bon quart d'heure d'attente, atteins le guichet où l'on me répond qu'on ne vend pas de timbres. Mais je suis bien dans un bureau de poste, non ? Tout à fait, mais pour les timbres, adressez-vous au drugstore Choyque que vous trouverez sur le même trottoir, à une centaine de mètres. Ah bon... Au drugstore, effectivement, on me vend quelques timbres pour envoyer des cartes postales en Europe, au tarif prohibitif de cinq euros l'unité, soit dix fois le prix de la carte. Mais le plus curieux est à venir. À l'intention d'un collectionneur qui aime recevoir des enveloppes tapissées de timbres, je demande des timbres supplémentaires, le tout allant au-delà du montant nécessaire pour la France, mais on m'objecte que c'est impossible. Affranchir une enveloppe au-delà du tarif prévu – ce que j'ai pu faire dans quantité d'autres pays – s'avère impensable en Argentine. Vaincu, je renonce, en priant pour qu'au prix annoncé les cartes arrivent à destination.

Le secteur bancaire argentin cultive lui aussi des particularités kafkaïennes. Ce n'est qu'à la fin des opérations, après avoir pressé sur une quantité de touches, que le petit écran m'annonce que non, finalement, on ne me donnera rien. Bienheureux qui comprend pourquoi. Ce n'est qu'au quatrième automate que je tombe sur celui qui veut bien me distribuer des pesos. Mais attention, le montant que vous demandez est trop élevé. (J'ai dû demander, en pesos, ce qui correspondrait à deux cents euros…) On m'invite à limiter mes prétentions. Soit. Abaissant de tentative en tentative le montant demandé, je réussis à retirer l'équivalent de cinquante euros, mais au prix d'une commission d'environ huit euros, car cette commission est fixe, n'attendez d'elle aucune souplesse. L'idée de s'adapter au montant octroyé ne l'effleure pas…

Cela étant, payer directement par carte bancaire est possible. Sauf dans certaines stations-service. Et lorsque la carte routière vous apprend que sur votre trajet la prochaine ne se présentera que dans trois cents kilomètres, mieux vaut avoir sur vous de l'argent liquide, en cas de refus de la carte. Il faut dire que la vue d'une carte bancaire inspire encore à un commerçant argentin des pensées mitigées. À Buenos Aires, les magasins vestimentaires affichent deux prix pour le même article : celui en espèces, et celui, supérieur de 15 à 25 %, en cas de règlement par carte bancaire. C'est l'exact contraire de l'Uruguay, où le règlement par carte bancaire diminuait de 18 % la note d'un restaurant. Étrange économie que celle de l'Argentine, pays capitaliste où l'on change au noir des dollars contre la monnaie locale, comme dans les rues de Moscou en 1980. Un système de vases communicants passablement ubuesque semble régir les échanges commerciaux ; un libraire souhaitant par exemple faire venir des livres d'Espagne est tenu d'exporter à son tour des marchandises pour un montant équivalent…

Retour au Perito Moreno, le lendemain mais directement par la route cette fois, jusqu'à l'extrémité de la péninsule de Magellan. Pour profiter d'un point de vue, arrêtons-nous un petit moment sur un parking, et dans le même temps arrêtons-nous sur le carancho, un rapace fort connu en Argentine, qui vient de se poser

près des voitures en stationnement. En bon français, *carancho* se dit « caracara huppé ». L'animal ne manque pas d'allure, il est vrai. Peu farouche, il guette les reliefs d'un pique-nique. La cire du bec est d'un beau rouge orangé, le sommet de la tête d'un brun très foncé, et au bas du cou les plumes sont beiges, rayées de brun. Il porte beau, le carancho, et abuse facilement ceux qui ignorent sa réputation. Car il est connu pour s'attaquer aux plus faibles, pour viser les yeux de son adversaire, pour barboter la nourriture des autres voire nidifier chez eux. En espagnol d'Argentine, *carancho*, synonyme d'« escroc », désigne celui qui tire un profit financier des accidents de la circulation. C'est l'activité d'un ex-avocat véreux qu'interprète Ricardo Darín dans le film *Carancho*, sorti sur les écrans en 2010. Et c'est sans regret que nous laissons sur ce parking ce salaud aux airs de beau gosse qui vient glaner pitance à quelques mètres. Préférons-lui le chardonneret à menton noir, dont le reste du plumage est d'un jaune vif, qui chante au sommet d'un arbre face au Perito Moreno, ou le vanneau téro, qui aime donner l'alerte à toute la faune des lieux. Certains jouent aux escrocs, d'autres aux sentinelles.

Nous voici de nouveau face à la falaise des glaces, sur la passerelle en forêt. À quelques dizaines de mètres de ce monde de froid il fait très doux, presque chaud. Les oiseaux chipent des baies, c'est l'été; l'arbuste notro déploie de longs tentacules rouges en guise de fleurs.

La grande attraction, au Perito Moreno, est réservée aux happy few car elle ne se produit, en moyenne, qu'une fois tous les quatre ans. À l'endroit où nous sommes, le glacier touche pour ainsi dire la péninsule de Magellan. Lorsqu'il l'atteint véritablement, la masse de glace forme un bouchon qui isole le bras Rico du reste du Lago Argentino. Le niveau de l'eau monte progressivement dans ce bras, jusqu'à atteindre un niveau de trente mètres, ce qui exerce une pression sur le barrage naturel, au point qu'il lâche, s'effondre. Mieux vaut ne pas pique-niquer sur les berges du Canal de los Témpanos lorsque les flots, furieux d'avoir été retenus tout ce temps, s'y déversent.

Pour s'incruster durablement, les souvenirs nécessitent un temps d'exposition prolongé sur la plaque sensible de la mémoire. Dans le bric-à-brac des images que nous conservons demeurent intactes celles qui ont été soigneusement, lentement emmagasinées. Les autres ressemblent vite à des photos floues, surexposées ou aux couleurs délavées, sans aucun nom au dos qui permette de resituer la scène et les personnages. Mon regret est d'avoir souvent voyagé trop vite et de ne garder en mémoire que des images tremblées. Ces voyages de quinze jours au pas de charge, chaque fois que j'y repense, appellent la comparaison avec des boîtes de sardines ou je ne sais quels autres aliments conditionnés qui ont perdu leur saveur et leur forme originelles. Il aurait mieux valu moins pérégriner, ou le faire plus lentement, à la manière de Bouvier ou de Maillart, avec des provisions de temps presque inépuisables et la ferme résolution de ne jamais se hâter. Mais comme nous avons été dressés à être des consommateurs, nous remplissons nos caddies de paysages, de sensations et de découvertes en tout genre, avant que le grand supermarché des congés payés ne ferme ses portes à la fin de l'été...

J'ai toujours aimé néanmoins « tremper » dans des atmosphères, dans des paysages, soit en passant un après-midi entier à une terrasse de café – ce fut le cas pendant ce voyage à Colonia, en Uruguay –, soit en m'asseyant à l'ombre d'un arbre ou sur un banc ; en attendant. En attendant quoi ? D'être imprégné. En attendant d'avoir, comme une éponge, absorbé ce qui m'entourait jusque dans les moindres détails – couleurs, clameurs, senteurs. Il faut dans ces moments-là rompre les amarres qui nous rattachent à une vie, s'abandonner à un climat – lui faire de la place. Et voilà bien ce que j'attends, face au Perito Moreno : qu'il imprègne ma mémoire de façon que, dans mes souvenirs, il ne recule jamais.

De la Montagne qui fume au village global

Qu'il est agréable de filer sur une route déserte, à pleine vitesse, entre l'ocre de la steppe et les grands lacs turquoise ! Première étape de notre croisière automobile patagonne, ce 13 janvier 2020, les deux cents kilomètres qui séparent El Calafate d'El Chaltén, plus au nord, au pied des Andes. La petite japonaise bleue louée à El Calafate en rutile de joie… Nous ne savourons certainement pas notre bonheur à sa juste mesure, ce jour-là. Voyager nous paraît normal. Rouler, avaler les kilomètres : un droit aussi élémentaire que respirer. En suivant les nouvelles sur les sites Internet des journaux, nous avons bien lu que sur les bords du Yang-Tsé une maladie respiratoire inconnue, qui n'a pas encore été nommée Covid-19, provoque le confinement de toute une province. Ce mot, confinement, est pour ainsi dire nouveau, si peu usité, et puis que nous importent au fond quelques millions de Chinois empêchés d'aller et venir... Ce 13 janvier, je tourne ces nouvelles en dérision et parle d'un emballement médiatique qui fera long feu.

Oui, que la Chine semble loin sur la mythique Ruta 40 qui remonte l'échine des Andes, dans cette Argentine estivale et vaste ! La partie habitée de la planète nous paraît reléguée à des années-lumière et les seuls êtres vivants que nous croisons, mis à part de rares automobilistes, sont des guanacos – des lamas sauvages et indifférents, trop occupés à brouter la steppe pour nous prêter attention. Le toit rose et lointain d'une estancia se profile parfois, vite dépassé, vite oublié...

Qui peut imaginer que dans moins de trois mois plus personne ne pourra voyager ? Je suis à cent lieues de penser que l'écrivain chilien Luis Sepúlveda, dont je viens de terminer un roman, *Le Monde du bout du monde*, mourra en

Espagne du virus *made in Wuhan* dont la presse nous envoie des échos. À cent lieues d'anticiper que le Chili sera un pays durement touché par la pandémie, au point que des émeutes de la faim reprendront dans sa capitale. L'écrivaine japonaise Ryoko Sekiguchi dit dans un de ses livres que nous sommes toujours à la veille d'une catastrophe. Sa réflexion s'applique à merveille à ce 13 janvier insouciant.

Quittons la Ruta 40 pour longer le lac Viedma. Parfois, dans la steppe, d'énormes roches solitaires et sphériques sont posées là, depuis qui sait quand. Peut-être ont-elles été poussées par des glaciers et abandonnées lors de leur retrait, voici des millénaires. À moins que des géants n'aient disputé une partie de pétanque par ici, à l'aube des temps, et égaré un cochonnet. La muraille des Andes se rapproche vite de nous. S'en détachent maintenant d'élégants sommets vers lesquels roule notre auto bleue. À quelques kilomètres de notre destination, halte au point de vue du « Parque nacional Los Glaciares ». Le point culminant, le Fitz Roy, dépasse les 3 400 mètres. Les Indiens Tehuelches l'avaient nommé « la Montagne qui fume » parce que sa cime, fréquemment encapuchonnée de nuages, comme c'est le cas maintenant, évoque un volcan en activité. C'est Perito Moreno, lors de son passage en 1877, qui l'a rebaptisé « Fitz Roy » en l'honneur du capitaine du *HMS Beagle*, le navire de recherche à bord duquel Charles Darwin explora les côtes et les îles de la Patagonie.

En 1952, lorsque les alpinistes français Lionel Terray et Guido Magnone réussissent la première ascension du Fitz Roy, la localité d'El Chaltén, notre destination, n'existe pas encore. Ces contreforts andins sont inhabités, à l'exception de quelques éleveurs et de leurs *péons*. Quant aux Indiens, voici longtemps qu'ils ont été massacrés ou chassés de chez eux. La frontière ne passe pas bien loin, et dans les années 70 et 80, les relations entre le Chili et l'Argentine sont loin d'être au beau fixe. Les deux pays voisins finissent par résoudre leur dispute frontalière dans l'extrême sud de la Patagonie, mais d'autres points demeurent en suspens : les Chiliens revendiquent le secteur du Lago del Desierto, au nord du Fitz Roy, ainsi qu'une frange de sommets et de glaciers. C'est un conflit ancien : une ligne de démarcation a été tracée en 1903, en vertu de quoi le lac se trouve du côté chilien. La situation demeure pourtant explosive et un incident sérieux se produit le 6 novembre 1965 à l'estancia Puesto Arbilla entre carabiniers chiliens et gendarmes argentins. Un officier chilien est tué, un autre blessé, et les Argentins remplacent le drapeau chilien par les couleurs argentines au sommet du mât de l'estancia. Le drapeau chilien ne sera restitué qu'en 2017.

Le 12 octobre 1985, les Argentins fondent un village destiné à marquer leur présence dans la région ; ils le baptisent El Chaltén. Leur stratégie s'avère payante car la limite d'arbitrage tracée en 1994 octroie le Lago del Desierto aux Argentins, de même que le secteur avoisinant, soit dans les 480 kilomètres carrés. Pour un pays qui totalise déjà 2,78 millions de kilomètres carrés, il n'y a pas de petit profit…

Les premiers temps, El Chaltén ne rassemble que quelques maisons au creux d'une vallée où se rejoignent les rivières de Las Vueltas et Fitz Roy, à 400 mètres d'altitude. Au recensement de 1991, on compte une quarantaine d'habitants ; dix ans plus tard, ils dépassent les 370 et le millier est atteint au début des années 2010. Ce qui était à l'origine une simple implantation argentine connaît entre-temps un succès international dans les milieux de l'alpinisme et du trekking, au point qu'en janvier 2015 une loi argentine fait officiellement de la localité la « capitale nationale du trekking ». El Chaltén atteint alors les 3 000 habitants, un petit exploit dans la région car entre El Calafate et El Chaltén, nous n'avons traversé aucune localité, et des pans entiers de la Patagonie demeurent inhabités…

En quarante ans, le site d'El Chaltén est donc devenu un haut lieu de l'alpinisme et du trekking. Un avant-poste du village global. Quatre ans après la fondation de la localité,

Werner Herzog, féru d'Amérique latine et de haute montagne, débarque avec son équipe pour le tournage de son film *Cerro Torre, le cri de la roche*, avec en vedettes Donald Sutherland, Mathilda May, Gunilla Karlzen et Vittorio Mezzogiorno. Les membres de l'équipe sont alors plus nombreux que les habitants d'El Chaltén... Certaines scènes sont tournées non loin du sommet du Cerro Torre, une aiguille de 3 100 mètres proche du Fitz Roy, qui, à notre arrivée, est elle aussi noyée dans les nuages. Le tournage dure plusieurs mois ; des hélicoptères sont mobilisés pour filmer de près les parois, le sommet... Certains éléments du film sont tirés de la conquête controversée de cette cime, en 1959, par l'Italien Cesare Maestri et l'Autrichien Toni Egger, mort au cours de la redescente. Cesare Maestri a-t-il vraiment vaincu en 1959 cette aiguille réputée inatteignable ? L'alpiniste Reinhold Messner, qui a donné à Herzog l'idée de son film, a émis des doutes à ce sujet, et il n'est pas le seul.

Même s'ils n'ont pas figuré au générique du film, les habitants du village ont été mis à contribution soit pour faire la cuisine, soit pour héberger l'équipe de tournage, a raconté dans une interview au quotidien *La Nación* une habitante d'El Chaltén. Roxana Arbilla se rappelle avoir vu passer chez elle nombre d'acteurs car sa maison était à l'époque la seule équipée d'un émetteur radio ou d'un téléphone… « Je me souviens de Vittorio Mezzogiorno buvant du maté dans la cuisine. »

Aujourd'hui, El Chaltén accueille en moyenne 120 000 visiteurs par saison mais demeure néanmoins une assez petite station. Il ne nous faut pas longtemps pour en accomplir un tour complet, peu après notre arrivée. La rue principale (il n'en existe guère d'autres) consiste en une enfilade de boutiques pour montagnards, de bars branchés, d'hôtels à bas prix pour routards et de restaurants qui proposent ou des burgers ou des plats vegan. La déferlante mondiale de cuisine vegan *et* sans gluten a donc atteint les contreforts des Andes et le plus jeune village d'Argentine… La moyenne d'âge doit à peine dépasser les trente à quarante ans ici, l'été. De jeunes randonneurs et randonneuses BCBG venus de Buenos Aires ou du monde anglo-saxon, anorexiques et notant dans leur carnet chaque calorie qu'ils ou elles ingèrent, se retrouvent dans ces établissements, le soir, après une randonnée, pour consommer avec modération quelques feuilles de laitue.

Pour notre part, nous dînons à La Estepa, table plutôt chère mais à la cuisine délicieuse, à l'écart de la rue principale. Ce soir je découvre la viande de guanaco en sauce, agrémentée de noix, de courgettes et d'aubergines. Et servez-nous donc un grand verre de malbec pour arroser tout ça !

Plusieurs sites météo annoncent une nette dégradation du temps pour le lendemain, avec de la pluie dès la matinée, si bien que nous imaginons un plan bis en cas de ciel bouché : quitter El Chaltén tôt et rouler en direction de Río Gallegos, sur la côte atlantique, mais en faisant halte en chemin dans le parc national Monte Leone, au bord de l'océan, réputé pour ses colonies de cormorans et de manchots de Magellan. (Il serait amusant de dresser la liste de tout ce à quoi, parmi la flore et la faune du cône sud de l'Amérique, le célèbre navigateur a donné son nom. Elle serait longue, cette liste, très longue.)

Or, le lendemain matin, le ciel tel qu'on le découvre de l'hôtel est parfaitement dégagé et, confiants, nous maintenons l'excursion prévue au-dessus de la station. Neuf kilomètres séparent le point de départ de la Laguna Torre, lac qui, d'après la carte, n'est pas très éloigné du

Cerro Torre. Les randonneurs parlent anglais, russe, coréen, italien, français, allemand et suisse allemand, sans compter les langues que nous n'identifions pas. On entend même parfois de l'espagnol, bien que les Argentins soient nettement minoritaires sur leurs propres sentiers. On entend aussi, et voit, un grand pic – pic *de Magellan*, il va sans dire. Pas farouche pour un sou, il se laisse photographier, à trois mètres de nous, tout en donnant de petits coups sur l'écorce d'un hêtre antarctique. Toc, toc, toc, puis il marque une pause, se tourne vers nous quelques secondes avant de reprendre ses recherches. C'est un mâle : il a la tête rouge avec une jolie crête, et le reste du plumage intégralement noir.

Après la forêt, voici une vallée plate avec en son centre comme une mer d'arbres morts. Le sentier vers la Laguna Torre ne monte que par à-coups, le dénivelé est faible. Ruisseaux, étangs, torrent. D'un mirador situé au troisième kilomètre, une vue saisissante sur les aiguilles givrées, et notamment le Cerro Torre assiégé par quelques nuages. Le temps fraîchit vite, le vent se lève et la brume commence à boucher l'horizon ; nous arrivons à temps à la Laguna Torre pour profiter d'une dernière éclaircie sur le glacier Grande, qui alimente le lac semé d'icebergs. Un phrygile à tête grise se pose à trente centimètres de moi, en quête de miettes. Pas plus farouche que le pic de Magellan tout à l'heure. Voilà des volatiles qui n'ont pas une trop mauvaise image du genre humain, mais il faut dire que nous sommes dans un parc national. Les premières gouttes tombent et la randonnée s'arrête là. Le retour vers El Chaltén se fait d'un pas pressé pour échapper aux nuages, dont le plafond, couleur de plomb, s'abaisse rapidement.

Le lendemain matin, au départ, changement de décor : des nuées sombres de la veille, ne subsistent que des lambeaux cotonneux à moyenne altitude. En quittant la vallée, nous avons de la chance. Le Fitz Roy... La Montagne qui fume s'est découverte pour nous saluer. Derrière un premier plan sombre, et au-delà d'un deuxième plus clair, voici le roi de la montagne drapé de blanc, flanqué de sa cohorte d'aiguilles. Le soleil sur le Fitz Roy, le vent glacial, l'enchaînement des plans et des plis des contreforts andins : voilà l'un des meilleurs décors wagnériens à avoir été plantés sur Terre. Oui, pour le prélude de *Parsifal* ou pour l'ouverture de *Tannhäuser*... Difficile, après ce monolithe de granite et de glace, d'aller plus loin dans l'expression de la majesté. Parmi la garde prétorienne qui l'encadre pointe une aiguille, moins élevée que le Cerro Torre, qui a été dédiée à l'un des pionniers de l'aviation en Patagonie : voici l'*aguja* (aiguille) Saint-Exupéry, 2 558 mètres, qui n'a été vaincue qu'en 1968. Hommage à celui qui dirigea l'Aeroposta Argentina de 1929 à 1931 et qui domestiqua le ciel de la pampa – deux de ses livres, *Vol de nuit* et *Terre des hommes*, en portent le témoignage. « J'ai toujours, devant les yeux, l'image de ma première nuit de vol en Argentine, une nuit sombre où scintillaient seules, comme des étoiles, les rares lumières éparses dans la plaine. Chacune signalait, dans cet océan de ténèbres, le miracle d'une conscience », écrit-il en prélude à *Terre des hommes*. La Patagonie et la chaleur de ses habitants ont beaucoup compté pour l'auteur du *Petit Prince*, et sans doute aussi Buenos Aires car il y rencontra, en 1930, celle qui deviendrait sa femme, une artiste salvadorienne prénommée Consuelo.

Qu'il peut faire froid en plein été austral, au pied des Andes ! Pas plus de cinq ou six degrés ce matin... On pourrait transposer dans ce canton de Patagonie les mots de Mark Twain sur le climat du littoral californien : « L'hiver le plus froid de ma vie, je l'ai passé un été à San Francisco... » Le vent coupant qui nous fouette le visage descend probablement de ces aiguilles, Saint-Exupéry, Cerro Torre et autres – l'un des plus beaux paysages de ce voyage. Mais il faut aussi avoir l'esprit pratique, quitter un moment Wagner, Saint-Exupéry et les cimes pour penser intendance, et, comme la jauge indique que le réservoir est à moitié plein, ou à moitié vide, dénicher ici même une station-service car la suivante ne se trouve qu'à Esperanza, à trois cents kilomètres devant nous. Si nous tombons en panne sur la route, aucun garagiste ne viendra nous prêter secours avant longtemps. On nous a signalé une station-service à un kilomètre de la sortie d'El Chaltén, mais nous n'avons rien remarqué. Et nous avons eu beau rebrousser chemin jusqu'à l'entrée du village, rien. Certes, nous avons aperçu un édicule bleu en retrait de la route, au bout d'un chemin, mais aucun panneau n'annonçait quelque compagnie pétrolière – Repsol, YPF ou autre... Redoutant de tomber en panne si nous ne faisons pas le plein, nous effectuons au ralenti un troisième passage, en écarquillant les yeux. Où peut-elle bien être fourrée ? Il est 8 heures. Près de l'édicule bleu vient de se ranger une voiture… Un homme en descend qui s'affaire autour du baraquement. Il ouvre une porte. Nous empruntons la voie carrossable et nous arrêtons à proximité. Serait-ce cela ? Une question lancée à l'employé : pas de réponse. Bougon, le bougre. Mais le voici qui dévoile son jeu, déplace le panneau bleu qui masquait la pompe, l'unique pompe de ce côté-ci de la pampa… Ouf ! Si nous avions choisi de partir dès l'aurore, nous n'aurions pas pu assister à son ouverture et l'aurions ratée. Nous voilà maintenant assurés de pouvoir rouler jusqu'à Río Gallegos, pour la deuxième étape, la plus longue, et de toute évidence la plus venteuse, de notre croisière automobile patagonne.

Butch, suite et fin

I
La pampa

À la fin de 1901, ou au tout début de l'année 1902, Parker, Longabaugh et Place achètent vingt-cinq mille acres (dix mille hectares) de terrain à Cholila, au pied des Andes, non loin de la frontière chilienne, dans la province de Chubut dont les paysages leur rappellent ceux du Montana et du Wyoming. Ils y construisent une cabane de quatre pièces, une étable, un entrepôt et un poulailler, et deviennent éleveurs de bétail. Les voilà rangés. Les quelques voisins qui leur rendent visite soulignent l'accueil souriant d'Etta Place, le soin apporté à la tenue de sa maison et la qualité de sa cuisine – particulièrement ses plats mexicains. Cela dure presque trois ans, entrecoupés de quelques allers-retours à New York pour Longabaugh et Place, et peut-être de la venue à Cholila en 1902 d'un nommé Martin Sheffield, mandaté par l'agence de détectives Pinkerton pour retrouver la trace de Butch Cassidy, et accessoirement de ses complices, mais qui, loin de les capturer, fait affaire avec eux, ou se laisse convaincre par eux d'un apparent retour à une vie normale. L'agence Pinkerton cependant ne lâche pas le morceau. Elle fait dire aux autorités argentines que s'il y a un jour un vol à main armée dans la région de Chubut, elles pourront être certaines qu'il s'agit de l'œuvre de Butch et Sundance. L'idée fera son chemin.

Ce n'est pas dans la province de Chubut que se déroule un vol à main armée trois ans plus tard, mais à mille cinq cents kilomètres au sud, une paille, presque au bord du détroit de Magellan, dans la bourgade de Río Gallegos, le 14 février 1905. Trois bandits « parlant anglais » selon les témoins, attaquent la banque Londres y Tarapacá et emportent l'équivalent de cent mille dollars, après quoi ils s'enfuient au nord, dans la steppe patagonne. Rien n'indique vraiment qu'il s'agisse de Butch, Etta et Sundance – mais peu importe : les coupables sont tout trouvés. Certains ont aussi avancé que le troisième membre du trio ne serait pas Etta mais l'un des membres de la *Wild Bunch*, Harvey Logan, dit « Kid Curry », connu pour être le plus sauvage et le plus violent de tous. Sur la célèbre photo prise en 1900 dans un studio de Fort Worth, Texas, où posent Butch, Sundance, Kilpatrick, Will Carver et lui, tous coiffés du même chapeau melon que Kafka quatre ans plus tard avec son chien flou et sa prostituée pudiquement supprimée, il est en effet possible de remarquer chez lui, se dit-on, un regard instable, un peu fou – mais peut-être ne s'agit-il là que d'une interprétation, conditionnée par sa réputation. Le problème est que Logan est mort en 1904 – mais voilà qu'une rumeur tombe à pic, qui prétend qu'il n'en serait rien, qu'il aurait en fait quitté les États-Unis, rejoint le Mexique, pris un bateau jusqu'en Uruguay et rejoint Cassidy, Sundance et Etta au début de 1905.

Aujourd'hui, Río Gallegos est une petite ville morne et balayée par les vents, qui étend ses rues en damier au bord de l'Atlantique, à deux pas du détroit de Magellan et de la frontière chilienne qui se trouve absurdement posée là, si bien qu'il faut la franchir par deux fois pour ne pas changer de pays – pour se rendre de Río Gallegos à la partie argentine de la Terre de Feu, par exemple. Nous y sommes arrivés un après-midi de janvier, peut-être, et peut-être pas, cent quinze ans après Butch, Sundance et Etta, à moins que ce soit Logan, ou alors trois autres, ce qui fait beaucoup d'incertitudes dans une même phrase.

Nous étions partis le matin tôt d'El Chaltén, au pied du spectaculaire mont Fitz Roy couronné de nuages, vers lequel nous avions fait une courte randonnée entrecoupée de pluie. La route d'El Chaltén à Río Gallegos, c'est le moins qu'on puisse dire, est monotone. Six cents kilomètres de steppe brune, immense et vide, fatiguée par un vent inlassable, omniprésent, parfaitement hypnotique. (« Pouvez-vous imaginer un colossal couloir de vent dont le sol est un plateau descendant des montagnes vers l'est pour plonger dans la mer en falaises gigantesques et concaves ? écrit la romancière Sylvia Iparraguirre à propos de la Patagonie argentine. Pouvez-vous imaginer cette immensité où se tiendraient mille Londres ? ») Quelques cyclistes valeureux, ou courageux, ou inconscients, ou masochistes, ou tout cela à la fois, tentent d'avancer, lourdement chargés, sur ces lignes droites interminables, subissant de plein profil un vent puissant qui leur tord le guidon et les force à mettre pied à terre. Même la voiture est difficile à maintenir : déjà, elle tire naturellement vers la gauche, mais avec ce vent incessant qui vient de la droite (orienté SO/NE, ou peut-être simplement O/E), cela devient fastidieux. Nous croisons des familles de nandous, petites autruches ou grosses poules ternes à long cou, c'est selon, et aussi quelques guanacos, dont les dépouilles de certains gisent crucifiées sur les barbelés des bords de route. Soit dit en passant, celui ou ceux qui ont décroché ici le marché du fil barbelé ont dû s'enrichir au-delà de toute mesure : en Patagonie, tant argentine que chilienne, toutes les propriétés se touchent, il n'y a paradoxalement aucun espace libre dans cette étendue immense et nue, et ce sont des milliers de kilomètres de barbelés qui courent d'un bout à l'autre de l'horizon. Je pensais au personnage joué par Kirk Douglas dans *Seuls sont les indomptés*, de David Miller : un cow-boy à l'ancienne mode, qui refuse les contraintes de la vie moderne et se voit, au tout début du film, gêné dans son avancée à cheval par les *barbed wires* qui courent dans la prairie, paradoxal symbole d'enfermement, tout au moins d'empêchement, dans cet espace ouvert à l'infini.

Il descend de cheval, prend une pince dans son sac et sectionne les barbelés. Peut-être en est-il allé de même ici, au début, pour quelques aventuriers empêchés de circuler librement dans ces immensités sèches et nues, contraints de respecter ces frontières apparemment absurdes imposées par les grands propriétaires. Mais les guanacos, eux, n'ont pas de pinces coupantes…

Entre El Chaltén et Río Gallegos, l'espace est donc morcelé, sans aucune présence humaine ou presque, sauf quelques estancias invisibles indiquées d'un côté ou l'autre de la route, une au bord de bitume près d'une rivière (La Leona, dont il sera question plus loin), et le minuscule patelin d'Esperanza, à mi-chemin, parce qu'il faut bien penser aux voitures et camions qui doivent faire le plein. Que nous faisons, donc, avant de repartir.

Sitôt arrivés à Río Gallegos, nous cherchons l'emplacement de l'ancienne banque Londres y Tarapacá qu'avaient dévalisée, ou avaient été accusés d'avoir dévalisée, Cassidy, le Kid et Etta ou Logan, en 1905. Nous avions trouvé sur Internet une adresse, Calle Roca y Sarmiento, rue qui n'existait pas, ou plus. Cependant il y avait bien une Calle Sarmiento, tout court.

Nous nous rendons au bureau de tourisme, où une jeune fille interrompt la discussion animée et, semble-t-il, assez joyeuse qu'elle entretenait avec deux de ses collègues, pour nous dire que la banque en question est à présent la banque Patagonia, sur la rue Sarmiento, à l'angle ou presque de la rue Kirchner, ex-rue Roca – l'adresse « Roca y Sarmiento » indiquant l'angle des deux rues. Elle est au courant de l'affaire Cassidy de 1905 : il lui semble d'ailleurs qu'il y a une plaque à l'intérieur de la banque, mais elle n'est pas sûre. Pour un bureau de tourisme, l'information est plutôt flottante, mais passons. Nous plaisantons vaguement sur l'accent argentin, avec lequel j'ai eu un peu de mal au début de notre séjour : lui demandant d'abord à quoi correspondait l'adresse « Calle Roca y Sarmiento », en prononçant par habitude le « ll » à l'espagnole (« caillé »), je me reprends aussitôt, mais fautivement : « cagé ». Elle rit et me reprend à son tour : « caché », m'expliquant, soudain grave et pince-sans-rire, doigt dressé, qu'il faut être un peu sérieux tout de même. L'amabilité, la bonne composition des commerçants, des chauffeurs de taxi, des réceptionnistes, des agents de sécurité, des vigiles, des personnels municipaux, de tout le monde en fait, tant en Argentine qu'au Chili, est une des caractéristiques que j'avais déjà notées lors de ma précédente venue en Patagonie, voici sept ans, et qui nous frappe encore l'un et l'autre.

Les rues perpendiculaires sont quasi vides, balayées de vent, écrasées de lumière. On sent les bouts du monde qui s'annoncent, les ciels qui augmentent de taille et de luminosité, les nuages rapides, les reliefs, les couleurs, les lignes géométriques des façades qui s'affirment. Ce soir nous serons à Punta Arenas, où toutes ces caractéristiques, je le sais pour y avoir déjà séjourné, se trouvent comme décuplées. Nous n'avons aucun mal à trouver la banque Patagonia, qui est fermée, et rouvre dans une heure. Le problème est qu'il nous reste pas mal de route et une frontière à franchir avant d'arriver à Punta Arenas. Tandis que nous tergiversons pour savoir si nous attendons ou pas, une employée sort fumer. J'en profite pour l'aborder et lui demander s'il s'agit bien de l'ancienne banque Londres y Tarapacá, et s'il y a, à l'intérieur, une plaque mentionnant Butch Cassidy. Elle semble n'avoir jamais entendu prononcer ce nom-là, et me dit que cette banque serait plutôt, à sa connaissance, l'ancienne Lloyds. Cela ne prouve rien : elle a très bien pu s'appeler Londres y Tarapacá, puis Lloyds, puis Patagonia. Mais voilà, pas de plaque. Nous n'en saurons pas plus. Borges à Buenos Aires, Butch Cassidy à Río Gallegos semblent avoir l'un et l'autre décidé de prendre un malin plaisir à nous fuir. Nous photographions la façade (sans intérêt), et repartons.

II
Fin(s) de parcours

En 1877, il y a été fait allusion plus haut, le naturaliste et explorateur Francisco Pascasio Moreno, dit aussi Perito (« l'expert ») Moreno, fut attaqué au bord d'une rivière par une femelle puma, appelée ici « lionne », qui le blessa grièvement. On donna alors le nom de La Leona à la rivière en question, puis à l'estancia qui se construisit plus tard à peu près au même endroit. Mais si célèbre que soit Perito Moreno – qui, outre qu'il donna son nom au formidable glacier, qu'il n'avait pourtant jamais vu, au bout du Lago Argentino, arpenta longuement la Patagonie pour la cartographier afin de régler le conflit de frontière avec le Chili, eut le privilège de rencontrer quelques-uns des derniers Indiens Tehuelches, ayant même, comme on l'a vu, été fait prisonnier et condamné à mort par certains d'entre eux avant de s'échapper, et commença à rédiger un dictionnaire tehuelche-espagnol, si bien que c'est à lui que l'on doit le peu que nous savons de cette langue –, si célèbre et estimable que soit, donc, Perito Moreno, ce n'est pas de lui, mais bien de Butch Cassidy que se réclame aujourd'hui l'estancia La Leona. Peu après l'attaque de la banque de Río Gallegos en effet, trois *gringos* seraient venus s'y réfugier pendant un mois. À partir de là, c'est la légende qui prend le relais. On dit qu'il pourrait s'agir du trio de Butch Cassidy qui, au retour de Río Gallegos, aurait séjourné là, le temps de se faire un peu oublier avant de rejoindre le Chili. Sauf qu'on sait maintenant de manière à peu près certaine qu'ils ne sont jamais allés jusqu'à Río Gallegos. Il aura en effet fallu presque un siècle (un colloque d'historiens qui s'est tenu à Esquel, province de Chubut, en février 1997) pour que Butch et Sundance soient officiellement disculpés de l'attaque de la banque Londres y Tarapacá : la description des assaillants par les quelques témoins ne correspond ni à leur aspect physique ni à leur âge ; plusieurs de leurs voisins affirment qu'ils étaient à Cholila à ce moment-là ; et le nom de Butch, ou plutôt celui de James Ryan, sous lequel il était identifié, apparaît sur un achat effectué près de Cholila le jour du hold-up.

Située sur la célèbre Ruta 40 (l'équivalent argentin de la *Route* 66 aux États-Unis), entre le Lago Viedma et le Lago Argentino, La Leona se trouve à quatre cents kilomètres au nord-ouest de Río Gallegos, ce qui pourrait justifier une halte de la part des fugitifs qui avaient attaqué la banque, mais à mille deux cents au sud de Cholila, ce qui rend plus difficile l'hypothèse d'un séjour de Cassidy et ses deux acolytes s'ils n'étaient pas à Río Gallegos : pourquoi, dans ce cas, décidés à fuir la police qui les suspectait de l'attaque, seraient-ils venus se réfugier si loin au sud de chez eux, et beaucoup plus près du lieu du forfait ? D'autant que par la suite c'est à Antofagasta, au Chili, puis en Bolivie, qu'on retrouve Butch et Sundance, c'est-à-dire bien loin *au nord* de Cholila. Ce qui semble certain, c'est que trois *gringos* sont venus passer un mois ici. Qui étaient-ils, à vrai dire on n'en sait rien. En tout cas, à La Leona, on a opté pour l'hypothèse Cassidy and Co., qui présente l'avantage non négligeable de faire marcher le commerce. À l'intérieur on vend toutes sortes de babioles, souvenirs, écharpes, casquettes, magnets, tee-shirts et autres porte-clefs, on sert du café trop léger et de copieuses parts de tarte, et les murs sont couverts de photos relatives au passage, en 1905, du supposé trio. On y voit notamment un avis de recherche de Butch (« *4 000 $, Dead or alive* ») ; une coupure de journal avec le portrait de Longabaugh ; on y voit aussi une photo un peu floue du trio devant ce que l'on suppose être leur cabane de Cholila, Sundance et Butch assis, Etta debout entre eux en tablier de ménagère, un chien à ses côtés tournant le dos au photographe ; la copie de la première fiche d'arrestation de Robert Leroy Parker (plus précisément « *Geo Cassidy, alias Butch Cassidy, alias Ingerfield, right name Robert Parker* »), en juillet 1894 dans le Wyoming, où l'on apprend qu'il mesurait 5 pieds 9 pouces (1,75 mètre) et pesait 165 livres (75 kilos), qu'il avait une cicatrice sous l'œil gauche, et qu'il déclarait avoir trente-deux ans alors qu'il n'en avait que vingt-sept ; une photo de la banque Londres y Tarapacá au début du XXe siècle ; et enfin une pancarte indiquant : « On dit qu'en 1905, trois "gringos" ont été hébergés là pendant quelques jours pour ensuite continuer leur voyage vers une destination inconnue. Quelque temps plus tard, en présence d'une commission de police et devant plusieurs photographies, les propriétaires de cette époque auraient reconnu ces hôtes distingués : il s'agissait de Butch Cassidy, Sundance Kid et sa femme Ethel Place, etc. » « On dit que », « auraient reconnu » : on a déjà vu plus catégorique. Borges était invisible à Buenos Aires dans les lieux où sa présence était attestée ; Butch est visible à La Leona où elle n'est qu'hypothétique. C'est ainsi.

III
Suite et fin (sans nous)

Mais toutes les histoires ont une fin, et il faut à présent terminer celle de Butch, Sundance et Etta, même si elle relève de la légende, du mythe, ou de l'incertitude romantique propre aux destins controversés – et même si elle n'entretient plus aucun rapport avec nous, ni avec notre itinéraire.

Jusqu'en décembre 1905, on n'entend plus parler du trio. Se sachant recherchés, ils ont vendu la cabane et le terrain de Cholila en mai, et se sont ensuite cachés au Chili. Les mois passent, l'attaque de la banque de Río Gallegos a presque été oubliée, et les chances de capturer les trois bandits sont désormais évanouies. Mais le 19 décembre, une autre banque est dévalisée : el Banco de la Nación, à Villa Mercedes, à six cents kilomètres à l'ouest de Buenos Aires. On identifie quatre suspects – quatre bandits « armés jusqu'aux dents », indique un article de journal, « *armados hasta los dientes* » – dont un est resté à l'extérieur tandis que les trois autres opéraient leur forfait : Parker, Longabaugh, Etta Place et… Harvey Logan, une fois de plus ressuscité des morts. Ils seraient ensuite retournés au Chili, peut-être dans la ville d'Antofagasta, où on perd définitivement la trace de Logan – dans la mesure du moins où il était bien avec eux, et non mort depuis presque deux ans.

Tandis qu'ils sont en cavale au Chili, Sundance écrit à un ami qu'il a essayé plusieurs fois de reprendre une vie honnête, mais qu'à chaque fois la police l'a « accusé à tort, poursuivi et poussé à épouser une vie de fuite et de délinquance ». Etta, lasse de cette errance perpétuelle, rentre à San Francisco en juin 1906 (on parle aussi d'une appendicite douloureuse, qui serait peut-être un euphémisme pour une grossesse), accompagnée de Longabaugh, qui rejoint ensuite Parker, non au Chili mais en Bolivie, où Butch, sous le nom de Maxwell, a trouvé un emploi dans la mine d'étain de Concordia. L'un et l'autre y occupent un poste de gardien pendant deux ans. Ils semblent plus que jamais désireux de mener une vie respectable, et envisagent d'acheter un autre ranch. Dans sa correspondance, Butch indique regretter ses frasques de jeunesse (« Si je pouvais revenir vingt ans en arrière... »). Est-ce trop interpréter que de sentir, dans les lettres de l'un comme de l'autre, un intense dépit dû à l'impossibilité d'un retour à une vie normale, à l'assignation perpétuelle à leur passé de bandits malgré les années à travailler au ranch de Cholila et à la mine de Concordia, passé auquel ils voudraient bien échapper, mais qui les rattrape toujours ?

Le 4 novembre 1908, non loin de Concordia, deux hommes, apparemment américains, attaquent trois convoyeurs de fonds et les dévalisent de quinze mille pesos. On accuse aussitôt Butch et Sundance. Les deux hommes, s'il s'agit bien d'eux – ce qui n'est pas certain, comme on va le voir –, s'enfuient vers San Vicente, en Bolivie, près de la frontière argentine. Ils n'y trouvent pas d'auberge, mais logent dans la cabane d'un nommé Bonifacio Casasola, qui les accueille aimablement, prend soin de leurs mules, puis file avertir la police que deux Yankees armés sont chez lui. La maison est cernée. Une brève fusillade s'ensuit. Un rapport de police de l'époque indique que Robert Leroy Parker, dit Butch Cassidy, et Harry Longabaugh, dit Sundance Kid, sont morts le 6 novembre 1908 dans cette cabane de San Vicente, après ladite fusillade. Alors qu'ils étaient blessés l'un et l'autre, Butch aurait achevé Sundance et se serait suicidé.

Une telle fin est romantique, presque hollywoodienne. Dans le film de George Roy Hill, qui fait une impasse totale sur les épisodes argentin et chilien, Paul Newman et Robert Redford se suicident aussi, quoique un peu plus héroïquement, en se précipitant hors de la cabane sous le feu nourri des forces de police boliviennes. Il est frappant d'ailleurs de constater à quel point la fin supposée des deux bandits – ou ex-bandits, allez savoir – a nourri l'imaginaire romantique et lyrique de certains. Dans *Dernières nouvelles du Sud* par exemple, l'écrivain chilien Luis Sepúlveda, disparu quelques jours après que j'écrivais ces lignes, ne mentionne ni le Chili ni la Bolivie, mais écrit : « Butch et Sundance vendirent la propriété de Cholila et partirent vers le sud, aux confins du monde. Ils traversèrent le détroit de Magellan et s'installèrent en Terre de Feu où ils entrèrent dans la légende comme deux vieux romantiques qui attaquaient des banques et des convoyeurs de fonds pour financer des révolutions anarchistes. » Pure invention, certes, mais jolie histoire, de la part d'un autre vieux romantique à tendance anarchiste. Il faut dire qu'il choisit de raconter « en poète, pas en professeur », ainsi qu'il l'écrit aussi. « L'histoire n'est qu'un prétexte pour enjoliver la réalité et prolonger les soirées au coin du feu en sirotant son maté. » On ne peut pas lui donner tort.

Cependant, et si professoral que cela puisse paraître, il nous faut en terminer à présent avec l'histoire, ou du moins ce qu'on en sait, de Butch Cassidy et de Sundance Kid. Car il se trouve que dans la cabane bolivienne, et au contraire de ce qu'affirme le rapport de police, on n'est pas du tout certain qu'il s'agisse d'eux. Après tout on les a vus à Río Gallegos où ils ne sont très probablement jamais allés, à La Leona où on ne fait que supposer qu'ils ont peut-être séjourné, et à Villa

Mercedes, où il a fallu ressusciter un quatrième bandit pour que l'accusation corresponde à la réalité de l'attaque. Quant aux trois convoyeurs de fonds boliviens dépouillés, rien ne dit là non plus que ce soient Butch et Sundance qui les aient attaqués. Alors, qui a été tué dans la cabane bolivienne ? Parker et Longabaugh ? Uniquement l'un des deux, accompagné d'un inconnu ? Aucun des deux ?

Très tôt après cet épisode en tout cas, les rumeurs sur le retour de Butch aux États-Unis commencent à se répandre. Sa plus jeune sœur, Lula Parker, affirme dans son livre *Butch Cassidy, My Brother* (préfacé par Robert Redford, le Sundance Kid hollywoodien), que ce n'était pas Butch qui était dans la cabane au moment de la fusillade, qu'il se serait caché pendant plus de quinze ans en Bolivie, puis qu'il aurait rejoint les siens dans l'Utah en 1925. Ses deux frères Dan et Mark Parker sont formels eux aussi. De plus, plusieurs personnes affirment l'avoir croisé à ce moment-là. Ensuite, son père l'aurait caché dans un endroit nommé Dog Valley, où la famille avait une cabane. Il y serait resté jusqu'à sa mort, dans les années 30.

Pour ce qui concerne Sundance, une théorie a avancé qu'il aurait lui aussi regagné les États-Unis et aurait vécu jusqu'en 1936 sous le nom de Henry Long dans une petite ville de l'Utah. Cependant les tests ADN effectués sur les restes de ce Henry Long semblent n'établir aucun lien avec des parents éloignés de Harry Longabaugh.

Quant à Etta Place, on perd sa trace peu après son retour aux États-Unis. On sait qu'en 1907 elle est toujours à San Francisco, où elle vit seule. On dit qu'elle serait ensuite allée s'établir à Denver, Colorado, pour y finir sa vie comme institutrice. Il y a bien, en 1909, une jeune femme qui tente d'obtenir auprès du vice-consul des États-Unis à Antofagasta un certificat de décès suite à la mort de Longabaugh en Bolivie afin de pouvoir régler sa succession, mais rien ne dit qu'il s'agisse d'elle – même si rien ne dit le contraire non plus. En tout cas, cela confirmerait la mort de Sundance en Bolivie en 1908. Ensuite, sa trace disparaît totalement.

En 1991 Anne Meadows, Dan Buck (deux auteurs ayant écrit sur Butch Cassidy) et Clive Snow (un anthropologue) exhument les restes d'une tombe à San Vicente, où étaient supposés avoir été enterrés Butch et Sundance après la fusillade. Des tests ADN sont effectués : on n'identifie ni l'un ni l'autre, mais les restes d'un mineur allemand nommé Gustav Zimmer. Le mystère persiste donc, même si cela ne constitue pas la preuve incontestable qu'ils ne sont pas dans ce cimetière : la tombe n'était peut-être simplement pas la bonne. D'autres, cela dit, ont été fouillées tout autour, et leurs restes analysés avec un résultat identique, mais il faudrait, pour en être certain, le retourner entièrement. Du moins cela contribue-t-il un peu plus à entretenir le doute. Dans son livre *En Patagonie*, Bruce Chatwin indique qu'au milieu des années 60, le président bolivien René Barrientos, celui qui fit capturer et tuer Che Guevara en 1967, avait déjà diligenté une enquête à San Vicente, interrogé les villageois, exhumé les corps du cimetière, examiné les rapports de police et d'armée, et en avait conclu que l'histoire « avait été fabriquée de toutes pièces ».

De la même manière qu'on ne saura jamais si Butch Cassidy a croisé ou non le bébé Borges sur un trottoir de Buenos Aires en 1901, on ne saura sans doute jamais s'il est mort abattu ou suicidé dans une cabane bolivienne en 1908, ou chez lui dans l'Utah vingt-cinq ans plus tard. L'agence Pinkerton, en tout cas, n'a pas clôturé le dossier après sa mort officielle, mais bien longtemps après, en 1921.

Les Indiens du Grand Sud

Si l'on examine d'assez près une carte du sud de la Patagonie et du labyrinthe d'îles, détroits, fjords et canaux qui parsèment les alentours de la Terre de Feu, pour peu que l'on n'ait rien de mieux à faire que de se livrer à un recensement onomastique, on pourra relever, entre autres noms, l'anse de l'Ultime Espérance (*Seno Última Esperanza*), au bout de laquelle le beau glacier Serrano, délicatement bleuté, recule d'environ trente mètres par an, la baie Inutile (*Bahía Inútil*) qui borde de ses eaux couleur écaille de poisson la rive occidentale de la Terre de Feu, ou encore, à quelques kilomètres de Puerto Natales, la pointe de la Désillusion (*Punta Desengaño*) qui avance son museau dans la baie du même nom, non loin de l'estuaire de l'Obstruction (*Estero Obstrucción*). Tout autour on trouve aussi l'anse de la Déception (*Seno Decepción*), l'île de la Désolation (*Isla Desolación*), le golfe des Peines (*Golfo de Penas*, par ailleurs titre d'un recueil de nouvelles de Francesco Coloane) et, à une soixantaine de kilomètres au sud de la capitale de la Patagonie chilienne, Punta Arenas, le site de Port-Famine (*Puerto del Hambre*) où périrent de froid et de malnutrition les premiers colons de la région, à la fin du XVIe siècle. Même si l'honnêteté oblige à indiquer qu'à l'extrémité ouest de l'île Riesco se trouve aussi le cap de la Providence (*Cabo Providencia*), fait suffisamment rare pour être relevé, on voit que l'onomastique des lieux dans cette région de l'extrême sud du monde n'invite guère à l'optimisme, et assez peu au voyage.

À tort, bien entendu, et il est d'ailleurs remarquable que le nom de la région elle-même exerce un effet radicalement inverse sur notre imaginaire : il suffit en général de prononcer ce mot de « Patagonie » pour provoquer chez votre interlocuteur un tourbillon d'images parfois convenues, mais jamais totalement inexactes, de sauvages vastitudes, d'immensités inviolées, de ciels rapides et changeants, de tempêtes effroyables, de montagnes abruptes plongeant dans des lacs vert lactescent, de fjords et de glaciers, de pumas, de condors, de guanacos, de gauchos arpentant à cheval des territoires immenses à la recherche de troupeaux égarés – mais aussi d'aventures tragiques, de hors-la-loi, de missionnaires, de chercheurs d'or, de drames et de sauvageries en tout genre. La

Patagonie est un bout du monde, et c'est une des caractéristiques de tous les bouts du monde de voir coexister la solitude et la rudesse des conditions de vie avec la majesté d'une nature aussi fascinante qu'hostile.

On pourrait commencer par la géographie. La partie sud de la Patagonie s'étend sur une superficie d'environ 130 000 kilomètres carrés, et s'achève en archipel, dont la plus grande île est la Terre de Feu, qui dessine sur la carte du monde une sorte de coccyx inversé, incurvé en virgule triangulaire vers l'est. Le détroit de Magellan serpente du nord à l'ouest de ce triangle et se faufile à travers une myriade d'îles et presqu'îles pour relier un océan à l'autre, laissant à l'est la Terre de Feu et l'île Dawson – où avaient été parqués en 1889 les derniers Indiens Onas dans la mission salésienne de Mgr Fagnano puis, quelques décennies plus tard, les prisonniers politiques de Pinochet –, et à l'ouest la presqu'île de Brunswick, là où la côte chilienne s'émiette en un réseau totalement inextricable d'îles, canaux, fjords et autres pièges à la navigation dans lesquels il ne faut pas chercher bien loin pour comprendre l'origine des noms majoritairement si peu engageants des baies, îles et anses de la région. Même après la découverte par Magellan du détroit qui porte son nom et évitait aux navires de devoir doubler le redoutable cap Horn, les vents patagons étant les plus puissants du monde, les naufrages dans ces lieux ont été fréquents et violents, et il n'était pas rare que les quelques survivants se retrouvent coincés dans un labyrinthe d'îles et de canaux dont il était impossible de s'extirper, le tout dans des conditions météorologiques effroyables. En 1914, après l'éclatante victoire des Anglais dans la bataille des Falklands, un marin allemand (et patriote) du nom d'Albert Pagels, établi à Punta Arenas depuis quelques années et fin connaisseur du dédale des fjords de la région, avait réussi à y cacher pendant plusieurs mois le croiseur *SMS Dresden*.

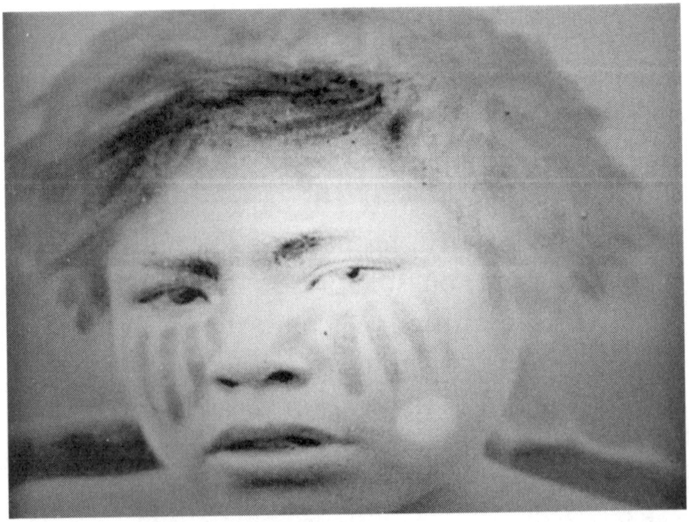

© Musée anthropologique Martin Gusinde

On pourrait poursuivre par l'histoire. Celle de la Patagonie est faite de passages, de conquêtes, et d'exploitation – des hommes, des bêtes, du sol et du sous-sol. De massacres aussi.

Car c'est toujours la même chose, et c'en est aussi terrible que lassant : des gens vivent sur leurs terres depuis des millénaires, se font la guerre de temps en temps, se chassent parfois les uns les autres, certains se retrouvant ainsi acculés au bout du bout du monde, mettons vers le sud (ici) ou vers l'est (en Russie), puis arrivent les Européens avec, au choix, les maladies ou l'extermination programmée – et parfois les deux.

Au départ donc, avant les Européens et les millions de têtes de troupeaux qui submergèrent la région, il y avait, dans le sud du continent, les Tehuelches – ou Aonikenks, car ici comme ailleurs les indigènes portent deux noms : celui qu'ils se donnaient, et celui que les envahisseurs européens leur ont donné. Eux bénéficièrent même de trois : on les appelait aussi Patagons. C'étaient des chasseurs de guanacos et de nandous à la *boleadora*, la fameuse arme composée de plusieurs masses sphériques réunies par des liens que l'on lançait sur les proies afin d'entraver leurs pattes. Progressivement chassés par les Mapuches (ou Araucans) un peu plus au nord, les Tehuelches s'établirent tout au bord du détroit de Magellan, jusqu'à l'actuelle Punta Arenas. Une partie d'entre eux franchirent il y a sept mille ans le détroit de Magellan, et s'établirent en Terre de Feu.

Assez semblables aux Indiens des plaines nord-américaines, les Tehuelches connaissaient le cheval. Les rigueurs du climat ayant sans doute, par effet de sélection naturelle, privilégié les plus résistants, ils étaient grands et forts, bien plus que les Européens qui débarquèrent là au XVIe siècle : un mètre quatre-vingts en moyenne dit-on, quand la taille moyenne des Espagnols à cette époque était plutôt un mètre soixante. On suppose que le nom de *patagón* proviendrait de cette différence de gabarit qui impressionna les visiteurs européens, et des vastes empreintes que laissaient sur le sol leurs pieds chaussés de mocassins grossiers – le suffixe *-gón*, en espagnol, ne signifie rien par lui-même, mais le suffixe *-ón* est un augmentatif, et le g servirait juste à faire la liaison entre les deux voyelles. On dit aussi qu'il pourrait provenir d'un roman de chevalerie de l'époque, *Primaleón de Grecia*, dans lequel se trouvait un personnage appelé Patagón. Sur les bateaux européens qui traversaient mers et océans, les officiers avaient en effet pour habitude de faire la lecture de romans de chevalerie au reste de l'équipage, majoritairement illettré. Ainsi fut peut-être adopté le mot *Patagón*, qui renvoyait à un roman familier aux membres de l'expédition de Magellan, et pouvait en outre correspondre aux silhouettes hautes, massives et imposantes par rapport à celles des Espagnols, des Indiens Tehuelches. Certains avancent aussi que le mot ferait allusion à la pauvreté des Indiens et dériverait du mot *patacón*, désignant une pièce de monnaie sans valeur. On n'en sait rien. Quoi qu'il en soit, Antonio Pigafetta, le chroniqueur du voyage de Magellan, n'indique pas d'où vient ce nom – signe peut-être qu'il était une évidence pour chacun.

Les Tehuelches, comme tant d'autres ethnies d'indigènes américains, n'existent plus. Et comme tant d'autres, ils furent notamment décimés par l'alcool. L'explorateur Francisco Perito Moreno, déjà mentionné, en croisa quelques-uns à la fin du XIXe siècle, on l'a dit, et put ainsi établir un dictionnaire espagnol-tehuelche. Jean Delaborde, jadis commissaire général de la Marine, rapporte dans son livre *Patagonia* qu'il a rencontré dans les années 60 le dernier Tehuelche vivant, le cacique Rufino Ibañez – dernier homme à parler sa langue, qui avait été nommé cacique par Juan Perón, lequel, comme tous les militaires, par surcroît chefs d'État, était assez friand de titres, grades et honneurs en tout genre.

Au contraire des Tehuelches restés sur le continent, ceux qui s'étaient établis en Terre de Feu ne connaissaient pas le cheval. On les appelait les Onas (ou Selk'nam, selon le nom qu'ils se donnaient). Comme leurs cousins tehuelches, c'étaient des chasseurs nomades. Ils étaient grands et féroces, et fort craints des autres Indiens – ce qui ne les empêcha pas d'être exterminés par les colons européens. D'abord par les chercheurs d'or qui affluèrent dans la région, notamment Julius Popper, un Juif roumain naturalisé Argentin qui, accompagné de mercenaires serbo-croates, prit en 1886 possession de vastes étendues de la Terre de Feu, et y massacra les Indiens qui s'y trouvaient afin de prospecter à son aise. Ensuite et surtout par les éleveurs de moutons qui, sous l'égide du premier et plus important d'entre eux, José Menéndez (dont il sera question plus loin), dressèrent des clôtures partout afin de délimiter les pâturages, si bien que les guanacos, gibier de prédilection des Onas, changèrent de territoire, et que les Onas volèrent alors des moutons pour se nourrir – ce qui entraîna leur massacre organisé. Il s'agissait dès lors, pour les chasseurs d'Indiens, de « nettoyer le pays », et le plus rapidement possible. Ce qui fut fait, à l'issue de ce qu'il faut bien appeler un génocide. Les éleveurs payaient une livre par tête aux chasseurs (oreilles à l'appui), une livre cinquante pour les femmes (seins à l'appui). Le plus ardent d'entre eux fut le sinistre Alexander McLennan, un Écossais ancien contremaître de Menéndez, à la fois éleveur et chasseur, qui possédait cent quatre-vingt mille hectares de terrain. On disait qu'il tuait pour le plaisir de tuer, et qu'il avait même empoisonné des baleines échouées sur le rivage afin d'accélérer l'extermination des Indiens, qui s'en nourrissaient. Comme il était roux et rouge de visage, les Onas l'appelaient Oïmer, « Cochon rouge » (« Chancho colorado »). Dans son autobiographie *Aux confins de la Terre*, Lucas Bridges, né en 1874 à Ushuaia et ayant grandi avec les Onas dans la mission anglicane créée par son père, le pasteur Thomas Bridges, dit avoir proposé à McLennan d'éduquer les Indiens plutôt que de les massacrer. Mais l'autre refusa : c'eût été trop long, trop cher et trop compliqué.

Les Onas appelaient la Terre de Feu « Karu Kinka » – tout comme les Haush, ou Manekenks, qui, jadis chassés par les Onas, s'étaient réfugiés à l'extrémité est du territoire. Les Haush disparurent en 1910. Contrairement aux Onas, leur économie vestimentaire et alimentaire ne dépendait pas du guanaco, mais du phoque, détail qui ne les empêcha pas d'être identiquement massacrés.

Dans une émission diffusée à la télévision argentine en 1968, *La Campana de Cristal*, on emmène et interroge à Buenos Aires Angela Loij, la dernière Indienne de mère et de père onas, ainsi qu'un cacique araucan (mapuche). C'est la première fois qu'Angela quitte la Terre de Feu. Elle a environ soixante-dix ans. On l'emmène au zoo, où elle est fascinée par les éléphants, les girafes, les paons. Un mara, petit lièvre de Patagonie, se promène devant elle, en liberté dans les allées du parc – parcourant ces mêmes allées un demi-siècle plus tard, nous croiserons ses descendants en train de déambuler devant nous ou de prendre le frais sur la pelouse, à l'ombre d'un grand arbre. Un journaliste lui pose quelques questions.

« Madame Angela, d'où êtes-vous ?

— De Río Grande.

— De Río Grande ? C'est-à-dire une représentante de la Terre de Feu. Êtes-vous nerveuse ?

— Non.

— Non ? C'est la première fois que vous venez à Buenos Aires ?

— Oui.

— Qu'est-ce que vous faites dans votre lieu d'origine, à Río Grande ?

— Rien.

— Comment rien ? Vous vivez seule ?

— Oui.

— Vous n'avez pas de famille ?

— Non. Je n'ai personne.

— La dernière représentante de la race ona, à Río Grande. Nous passons maintenant au centre du pays : le cacique Caluqueo, représentant de la race araucane. Cacique, vous les Araucans, vous avez toujours été très… très véhéments. Plus maintenant ?

— Non. Plus maintenant. Parce que maintenant nous sommes dans la civilisation. »

Interview terminée.

Il y avait encore quatre mille Onas en 1880. Cinq cents en 1900. Cinquante en 1950. Une seule, Angela Loij, ainsi que cinq métis, en 1977. Plus aucun aujourd'hui.

© Musée du Quai Branly – Jacques Chirac, Dist. RMN-Grand Palais/image musée du Quai Branly – Jacques Chirac

Dans son documentaire *Peuple Ona : vie et mort en Terre de Feu*, l'ethnologue Anne Chapman donne à entendre ce chant ona :

Me voici en train de chanter
Le vent m'emporte
Je suis les traces de ceux qui sont morts
Les traces de ceux qui sont morts ici

*

Dans les myriades d'îles qui bordent la côte occidentale du Chili et le sud de la Terre de Feu, vivaient deux peuples de nomades pêcheurs, les Yaghans (ou Yámanas) et les Alacalufes (ou Kawésqars). Leur disparition n'est pas tant, comme pour les Onas et les Haush, le fait d'une extermination programmée que la conséquence des maladies et des épidémies apportées par les Européens (comme pour neuf Amérindiens sur dix, selon l'anthropologue Philippe Descola). Les Yámanas étaient les plus petits : un mètre cinquante-cinq en moyenne. Ils avaient le tronc, les épaules et les bras très développés par rapport à des jambes chétives. Ils étaient gras. On dit qu'ils étaient si peu habitués à marcher sur la terre ferme qu'ils se tenaient toujours sur une jambe, puis sur l'autre, ne pouvant tenir en place, gênés, gauches, marchant courbés en avant, inquiets. Ils vivaient au sud de la Terre de Feu, notamment autour de l'île Navarino. C'est le révérend Thomas Bridges, le responsable de la mission anglicane d'Ushuaia, qui dans les années 1860 les avait baptisés Yaghans en forgeant ce nom sur le mot *Yaga* ou *Yaga-shaga* qui désignait chez eux le centre approximatif de leur territoire, à savoir la passe de Murray, entre l'île Hoste et l'île Navarino.

Comme les Yaghans, les Alacalufes, ou Kawésqars, vivaient nus, enduits de graisse de phoque – ce qui, lorsqu'on connaît les conditions météorologiques de la région, semble à peine croyable. Ils nomadisaient le long de la côte chilienne depuis Puerto Edén, et notamment autour de l'île Riesco, dont toute la partie occidentale est aujourd'hui une réserve naturelle nommée « réserve des Alacalufes ». Ils se déplaçaient en cellules familiales isolées le long de la côte pacifique et se nourrissaient des produits de la mer. Dans son roman *Qui se souvient des hommes...*, Jean Raspail a écrit des pages bouleversantes sur ce peuple mélancolique et triste.

Kawésqars et Yámanas, nomades marins, étaient deux ethnies très différentes des Onas et des Haush, chasseurs terrestres. Selon la thèse du médecin et ethnologue Paul Rivet, si ces derniers étaient descendants des Tehuelches, donc des peuplades qui avaient jadis franchi le détroit de Béring, puis occupé peu à peu l'ensemble du continent, les deux premiers s'étaient peut-être établis là il y a dix mille ans à la suite d'une possible migration d'Océanie. Un autre ethnologue, José Emperaire, qui consacra une partie de sa vie à l'étude des Kawésqars et effectua sur eux les dernières observations avant leur disparition, voyait quant à lui une proximité avec les Indiens des côtes du Brésil.

Les peuples, les ethnies ont été décimés. Les forêts aussi, pour satisfaire à l'élevage intensif : la Patagonie, la Terre de Feu en étaient intégralement recouvertes, et même si on trouve encore, essentiellement sur les îles, des forêts de robles (chênes antarctiques) et de coïhues (hêtres antarctiques) – qui se ressemblent assez avec leurs gros troncs dont on faisait les canots et leurs petites feuilles, lisses pour le premier, dentelées pour le second –, ces régions sont aujourd'hui majoritairement constituées de steppe à perte de vue, les *estancieros* ayant, surtout à partir de la fin du XIXᵉ siècle, déboisé le plus rapidement possible à grands coups d'incendies : il fallait en effet faire vite, car les terres ne leur étaient cédées que provisoirement par les gouvernements argentin et chilien – le temps pour eux de s'en approprier le plus possible en les transformant en pâturages. On brûla donc, vite et abondamment, et l'on acheva ainsi l'entreprise d'extermination des Indiens, déjà bien engagée avec les maladies (grippe, rougeole, variole) et avant cela les guerres intertribales (dans son documentaire, Anne Chapman interviewe l'un des derniers Onas nés dans la mission du pasteur Bridges, Luís Garibaldi Honte qui, évoquant les combats incessants entre les différentes tribus onas, indique que leur disparition était quasiment programmée, et que « les Popper, les McLennan » n'avaient eu, en somme, qu'à venir l'accélérer et la parachever). Après avoir méthodiquement rasé la couverture végétale et annihilé les populations indigènes qui depuis des millénaires y vivaient, il ne restait plus aux Européens colonisateurs qu'à y installer leurs millions de moutons et s'installer eux-mêmes, puis à élever sur la grande place de Punta Arenas un monument à la gloire de Magellan, pied droit posé sur un canon, avec de part et d'autre de lui (autrement dit du détroit) un Tehuelche et un Ona qui, imposants mais vaincus, lui tournent dédaigneusement le dos.

Autres rois

Outre sa grande carcasse, sa tignasse abondante et sa barbe bouclée, ce sont sans doute ses rêves de grandeur, sa folie contagieuse, son enthousiasme à tous crins, ses échecs répétés, les moqueries dont il a été l'objet, et son misérable destin en regard de ses ambitions, qui nous rendent, il faut bien l'avouer, Antoine de Tounens, alias « Antoine-Orllie Ier roi d'Araucanie et de Patagonie », éminemment sympathique. Mais il y eut d'autres « rois » de Patagonie, bien différents de ce doux rêveur : Julius Popper par exemple, dont il sera question dans le chapitre suivant. Ou celui auquel on attribuait aussi le titre de « roi » et qui se trouvait être beaucoup plus proche, dans ses méthodes, ses ambitions et son comportement, de Popper que de Tounens : il s'agit de José Menéndez.

Punta Arenas est disposée en amphithéâtre, ce qui permet, pour peu qu'on monte, pas trop longtemps, sur la colline, d'avoir assez vite un intéressant point de vue sur la ville avec ses rues organisées en blocs perpendiculaires d'une centaine de mètres de côté, les eaux grises du détroit, et les rives de la Terre de Feu juste en face. Les ciels sont immenses et changeants ; le climat, comme il se doit en ces régions extrême-

australes où une même journée voit défiler trois ou quatre saisons, instable, mais toujours rude. En fin de journée, les perspectives s'allongent, les lumières se font nettes, coupantes, viennent rehausser les couleurs vives des façades qui tentent d'égayer le morne découpage des rues, le jaune pétard des panneaux de signalisation, les dessins et autres graffs sur les palissades protégeant les façades des banques et les vitrines de plusieurs magasins, indice de la crise sociale qui secoue le pays jusque dans ses contrées les plus australes, et assoupir de leur relative tiédeur les armées de cormorans perchés sur les pontons plus ou moins bringuebalants qui avancent dans les eaux du détroit.

Dans la partie basse de la ville, un peu à l'est de la place Muñoz Gamero où se trouve la statue de Magellan flanquée des deux Indiens qui lui tournent le dos et le mythique bar de l'hôtel Cabo de Hornos où nous avons, un soir, dégusté un pisco sawa (« *sour* ») – sans y retrouver cependant l'ambiance décrite dans quelques récits que nous avions lus (« le lieu stratégique de toutes les rencontres [...] où les oiseaux de passage les plus étranges se croisaient le verre à la main. Un bar chic, pur modern style 1930, haut de plafond, décoré d'immenses glaces biseautées et meublé de fauteuils et de tables basses dignes des salons du *Normandie*, une sorte de Harry's Bar du bout du monde », écrivait Jean Raspail), car il a été refait à neuf, dans un goût d'ailleurs discutable, et ne présente par là même plus vraiment d'intérêt –, dans la partie basse de la ville, donc, se trouve le cimetière où j'étais allé chercher trois tombes : celle de l'ethnologue José Emperaire, qui avait consacré sa vie aux Kawésqars et avait trouvé la mort dans un éboulement de terrain sur l'île Riesco en 1958, alors qu'il travaillait sur un site de peuplement de ces Indiens, et qui avait été l'auteur d'un livre passionnant paraît-il, mais que malgré tous mes efforts je ne suis pas parvenu à me procurer, *Les Nomades de la mer* ; celle de cet Allemand, Albert Pagels, qui connaissait si bien l'étroit labyrinthe de fjords et de canaux de la côte chilienne, qu'il avait pu, en 1914, y conduire pour le dissimuler un croiseur allemand défait aux Malouines, le *SMS Dresden* – ensuite il s'était fait une spécialité de piloter et guider dans toute la région, sur son cotre de douze mètres sur trois baptisé *Jupiter* dont le bruit du monocylindre (« tchouc tchouc ») lui avait valu le surnom de *Capitán Chucu-Chucu*, les explorateurs et autres aventuriers qui le sollicitaient ; et enfin le tombeau de José Menéndez, le plus grand propriétaire terrien de la région, qu'on surnommait « *el rey de la Patagonia* ».

Dans les dernières décennies du XIXe siècle, le Chili et l'Argentine avaient proposé à des Européens de coloniser les terres de l'extrême Sud, pour lesquelles aucun des deux pays n'avait jamais témoigné grand intérêt. Débarquèrent alors, entre autres immigrants, une poignée d'hommes avides de possessions et de richesses à se partager, parmi lesquels certains vont finir par prendre le pouvoir sur tous les autres. Ces hommes à qui le gouvernement chilien offrait des milliers d'hectares pour lancer la colonisation du sud du pays – l'idée étant de le développer économiquement et de créer des réserves indigènes – arrivaient d'Espagne, de Lettonie, d'Angleterre, du Portugal, d'Allemagne ou de France, et s'appelaient Mauricio Braun, Stanley Wood, Thomas Fenton, Gaston Blanchard, ou encore José Menéndez.

Celui-ci, né en 1846 dans les Asturies, débarque donc un jour de 1874 à Punta Arenas avec femme et enfant – une fille, qu'il mariera plus tard avec son associé Mauricio Braun, ce qui permettra aux deux familles d'unir leurs terres et de contourner la loi qui limitait la possession d'une personne à trente mille hectares. Ensuite, grâce à des hommes de paille et à des sociétés prête-noms, les familles Menéndez et Braun parviennent à acquérir non des dizaines de milliers mais des millions d'hectares en Patagonie chilienne. Le gouvernement tente d'intervenir à quelques reprises, mais ses émissaires, une fois arrivés à Punta Arenas, changent curieusement d'avis au bout de quelques jours, et s'en retournent à Santiago, les poches sans doute bien remplies. Une grande partie de la Patagonie chilienne appartient alors de fait à Menéndez et Braun, à quoi viendra s'ajouter bientôt, à la suite de la mort étrange, par empoisonnement présumé, d'un héritier de Julius Popper, et des arrangements entre ses successeurs et la famille Menéndez, la plus grande partie de la Terre de Feu argentine.

C'est à partir du moment où Menéndez met le pied en Terre de Feu et y installe sa première « société d'exploitation » que commence véritablement l'anéantissement des Indiens Onas, ou Selk'nam. La logique est imparable : on installe des clôtures partout ; les guanacos, sur quoi est basée la vie des Selk'nam, commencent à changer de territoire, puis à disparaître ; les moutons les remplacent ; les Selk'nam, qui ne s'expliquent pas vraiment comment cet animal si facile à capturer est apparu sur leurs terres, et n'ayant par surcroît aucune notion de ce que peut être une propriété privée, chassent les moutons et s'en nourrissent, parce qu'il faut bien manger ; ce qui est intolérable aux éleveurs, qui chassent et exterminent les Indiens. Menéndez est le principal commanditaire de ces massacres, et engage des hommes à cet effet. Le plus féroce, le plus impitoyable d'entre eux, il en a déjà été question, un Écossais du nom d'Alexander McLennan, ou McLean selon les documents, surnommé « Cochon rouge » en raison de sa tignasse rousse, qui se laissait volontiers photographier aux côtés des cadavres de Selk'nam qu'il avait lui-même abattus, comme Hemingway le fera plus tard avec un lion, Juan Carlos avec un éléphant, les fils Trump avec un léopard ou le prince Harry avec un buffle, était le contremaître et l'homme de confiance de José Menéndez, qui lui avait même offert une montre en or où il avait fait inscrire : « À mon fidèle collaborateur ».

À travers toute la Patagonie, Menéndez installe des sociétés d'exploitation dans lesquelles les *peones*, c'est le cas de le dire, sont largement exploités et travaillent dans des conditions misérables. Il meurt en 1918 à Buenos Aires, mais le système qu'il a mis en place, et les conditions de travail qu'il a imposées, perdurent après lui. En 1920 et 1921, de nombreuses grèves éclateront dans toute la province de Santa Cruz, en Argentine, jusqu'aux bords du Lago Argentino où l'armée interviendra, tirant sur les ouvriers journaliers et causant mille cinq cents morts. On a regroupé ces luttes, principalement menées par des ouvriers anarcho-syndicalistes, sous l'appellation de « Patagonie rebelle », ou « Patagonie tragique ». Cette répression a tellement marqué les esprits que les ouvriers attendront trente ans pour oser demander la signature d'une convention de travail avec leurs *estancieros*. Cela aussi, c'est l'héritage Menéndez.

José Menéndez, roi de Patagonie, est mort à Buenos Aires, mais il est enterré à Punta Arenas, où il est difficile de rater son tombeau. Peu après l'entrée, sur la droite, un grand mausolée, sans surprise assez kitsch, est dressé en son honneur – plus précisément en l'honneur de la « famille Menéndez ». Est-ce la parution récente d'un livre (*Menéndez, rey de la Patagonia*, de José Luis Alonso Marchante) – qui révèle à quel point le génocide des Selk'nam a été organisé par une poignée de familles d'éleveurs et d'entrepreneurs européens s'étant approprié des millions d'hectares au mépris de la loi en achetant gouvernants et législateurs, et en premier lieu par José Menéndez lui-même, et qui souligne aussi le rôle tenu par le système d'exploitation mis en place par Menéndez dans les grèves des années 1920-1921 qui aura, de ce fait, alimenté une certaine rancœur à son encontre ? Toujours est-il qu'aujourd'hui ce monument est maculé de jets de peinture rouge (comme le seront ailleurs, quelques mois plus tard par les manifestants de Black Lives Matter, les statues de Napoléon, Colbert, George Washington, Léopold II, et même Cervantès à Washington – esprit pour le moins éclairé qui fut lui-même cinq ans esclave, mais passons) et que, étant le seul dans ce cas, il est permis de lire dans cet acte une manifestation d'hostilité envers le personnage qui se trouve inhumé là.

C'est juste à côté de ce monument grandiloquent couronné d'un ange au bras levé, d'une croix et de quatre flambeaux qu'on trouve, beaucoup plus modeste et passant presque inaperçu, un tombeau blanc portant l'inscription (en français) « Société française fondée le 8 août 1897 », à côté duquel, encore plus modeste et passant encore plus inaperçue, une plaque indique (en espagnol) : « À la mémoire de l'ethnologue et archéologue José Emperaire Thomas, mort lors d'une mission scientifique dans l'île Riesco le 11/12/1958, Hommage de la municipalité de Magallanes ».

Le cimetière de Punta Arenas regroupe ses morts par nationalités. Outre les noms à consonance hispanique, on y trouve plusieurs allées peuplées de Croates, et d'autres d'Allemands, qui ont fourni une bonne part de l'immigration ici et qui, en toute logique, s'y trouvent correctement représentés. C'est là qu'on peut voir par exemple un monument en forme de gros obus noir entouré de quatre (véritables) obus plus petits, érigé là par la colonie allemande de Punta Arenas le 2 novembre 1925, à la mémoire des membres de l'équipage du *SMS Dresden* qui, au cours de la désastreuse (pour l'Allemagne, mais glorieuse pour l'Angleterre) bataille des Falklands, périrent « loin de leur patrie » ainsi qu'il est indiqué, le 8 décembre 1914. Juste à côté, une petite pierre tombale, un simple rocher gris en fait, porte l'inscription « Albert Pagels 04 07 1878 / 24 07 1968 » – le capitaine Chucu-Chucu, navigateur patriote et fin connaisseur des fjords patagons où il avait mis un temps à l'abri le *SMS Dresden*, ayant donc terminé sa vie à un fort bel âge.

Si, après le carré allemand, on continue son chemin dans les allées bordées de tombes et de cyprès, on finit par tomber sur la statue de l'« Indien inconnu », *Indiecito*, entouré d'ex-voto et de demandes de protections diverses ; un Ona apparemment, vêtu d'un pagne, la main et le pied gauches dorés à force d'être touchés comme les porte-bonheur qu'ils sont supposés être, devant qui une plaque tente d'honorer la mémoire tout en la récupérant, qui indique : « Ci-gît l'Indien inconnu, émergeant des brumes de l'incertitude historique et géographique, reposant dans l'amour de la patrie chilienne, pour l'éternité. » Pas moins. Tout autour de lui des dizaines, centaines de fleurs, de plaques, de remerciements pour avoir recouvré la santé, été sauvé d'un accident ou préservé d'un malheur imminent.

Pas de pierre tombale en revanche, ni à Punta Arenas ni ailleurs, pour le précoce apprenti dictateur Miguel José Cambiaso, militaire rebelle qui, en 1849, âgé d'à peine vingt-six ans, avait tenté de renverser le président du Chili, Manuel Montt. Capturé à Chiloé et envoyé au bout du monde, autrement dit à Punta Arenas, qui venait à peine (en 1843) d'être fondée, il avait été ensuite expédié encore plus loin, au bout du bout du monde : à Fuerte Bulnes, un camp militaire situé à une soixantaine de kilomètres au sud, à côté d'un endroit nommé Port-Famine, ou Puerto del Hambre. Ce site tire son nom d'un épisode tragique de la première tentative de colonisation du lieu, en 1584, par cent quatre-vingts soldats et quatre-vingts civils espagnols qui ne purent résister longtemps aux rigueurs du climat, à l'impossibilité de cultiver la terre, aux maladies et à la malnutrition. Un seul survivant, recueilli deux ans après par un navire anglais, avait pu témoigner de ce terrible épisode, et le lieu avait alors reçu son nom. Aujourd'hui il ne reste rien à Puerto del Hambre, sinon trois pierres, au sens propre, de l'ancienne église (*Iglesia de la Anunciación de Nuestra Señora, fundada por Sarmiento de Gamboa en 1584*), ou plutôt de son soubassement, puisqu'elle était en bois, et une sorte d'autel avec une inscription « *Aquí estuvo España* », et une plaque en hommage aux colons de 1584 qui ont péri là et « en d'autres lieux de la côte du détroit de Magellan en tentant d'établir la présence civilisatrice de l'Espagne ». Deux cent soixante ans plus tard, en 1843, la goélette chilienne *Ancud* hisse son drapeau à cet endroit, et prend ainsi possession du détroit de Magellan – les choses étaient plutôt simples à cette époque. On construit un fort non loin, qu'on nomme Fuerte Bulnes, du nom du président chilien du moment. On tente de s'y établir et d'y fonder, une fois encore, une colonie, mais le climat, décidément, ne s'y prête pas. Les conditions sont même épouvantables, si bien qu'on déménage soixante kilomètres au nord, où on fonde Punta Arenas, bien mieux protégée des intempéries. Lorsque Cambiaso y est envoyé en tant que prisonnier, la colonie n'est guère plus qu'un assemblage hétéroclite de bicoques autour d'une église, d'une petite place et de quelques ruelles boueuses, pas vraiment un paradis donc, mais c'est encore plus loin, dans l'austère prison de Fuerte Bulnes, qu'on l'envoie croupir. Aujourd'hui Fuerte Bulnes, qui avait périclité mais qui a été reconstruit à l'identique ou presque un siècle plus tard, est un très officiel « monument national », où il n'y a pas grand-chose à voir sinon les cabanes, la prison et l'église en rondins, mais qui se visite moyennant l'obtention d'un ticket d'entrée, d'ailleurs assez onéreux, à l'entrée du parc où l'on peut aussi visiter, un peu avant d'arriver au fort, un petit musée sans intérêt.

À l'époque de Cambiaso, ni parc, ni musée, ni droit d'entrée, mais uniquement le fort, où l'emprisonnement n'est certes pas une partie de plaisir. Le bonhomme, on l'a dit, est rebelle ; il est aussi violent, agressif, et malin. En 1851 il tue quelques gardes et réussit à s'évader. Aidé d'une poignée d'autres prisonniers envoyés là par mesure disciplinaire et qu'il a aidés à s'enfuir avec lui, il décide de prendre d'assaut Punta Arenas. La petite troupe met le bourg complètement à sac, multipliant massacres et assassinats, dont celui du gouverneur de la place, Benjamín Muñoz Gamero, un jeune militaire de trente-quatre ans, à peine plus âgé que lui donc, un érudit qui s'intéressait notamment aux peuplades de la région et qui laissera inachevé un *Diccionario patagónico.* Il fait brûler son corps en place publique. Plus tard son nom sera donné à la place en question, devenue la place principale de Punta Arenas, où se trouve la statue de Magellan. Après ces meurtres et exactions, Cambiaso et ses sbires remontent vers Chiloé dans le but de s'unir au général José Maria de la Cruz, rival du président Montt et qui avait été candidat contre lui à la présidence en cette même année 1851. Il avait perdu, puis s'était rebellé, car la nature humaine, et surtout politique, est ainsi faite que parfois on a du mal à accepter le résultat d'une élection. Il avait été alors vaincu par les armes en décembre, à la bataille de Loncomilla. Or Cambiaso, en plus d'être rebelle et violent, est aussi injuste et cruel, qualités qui vont souvent de pair, si bien que sur la route de Chiloé, ses hommes, las de ses méthodes de commandement et de ses violences gratuites, las aussi de voir couler le sang si abondamment et inutilement, se mutinent, le capturent, et le livrent aux autorités locales dès leur arrivée au port. Miguel José Cambiaso est emprisonné, puis envoyé à Valparaíso, où il est fusillé en 1852, à l'âge de vingt-neuf ans. Dans une de ses nouvelles, « Le supplice de l'eau et de la lune », Francisco Coloane met en scène sa violence et son sadisme en faisant de lui un séducteur ravisseur de femmes (« une à Santiago, une autre à Petorca, la suivante à Ancud, une quatrième à Valdivia, et une cinquième qui l'avait suivi, cachée dans un bateau jusqu'à Punta Arenas ») qu'on surnomme, après les massacres de Punta Arenas, « le petit Néron des Magellanes ». Il devient le bourreau d'une belle prisonnière française dont il entend faire sa maîtresse, jeune femme arrivée là de façon mystérieuse et dont la fin sera tout aussi mystérieuse – autant que le sort de ceux qui, « pendant la Grande Grève de Santa Cruz, il n'y a pas si longtemps », autrement dit dans les années 1920-1921, alors que « les hommes étaient fusillés en masse », indique la vieille femme qui raconte l'histoire plusieurs décennies plus tard, « pendant la nuit [...] creusaient sous terre et s'enfuyaient dans la montagne ».

Pour tout l'or de la Terre de Feu

Il est, dans le centre de Punta Arenas, un immeuble ancien portant cette inscription au dernier étage de sa façade : *Hrvatski Dom.* La maison croate. Un autre bâtiment, vraisemblablement un club de sport, *Sokol Croata*, témoigne de l'importance de cette communauté dans la ville. Avenue Bulnes s'élève un mémorial aux immigrants croates. De fait, un habitant sur deux a des origines dalmates à Punta Arenas, petite Rijeka patagonne... Avec la Bosnie-Herzégovine, le Chili est le pays qui compte la plus forte communauté d'origine croate: elle ne totalise pas moins de 380 000 personnes, dont les ancêtres sont arrivés pour la plupart dans la seconde moitié du XIXe siècle, que ce soit en Patagonie ou dans le nord du pays – les mines de salpêtre d'Antofagasta (ville où, on l'a vu, étaient venus s'établir Butch Cassidy et Sundance Kid en 1906) ont eu largement recours à cette main-d'œuvre. Chassés de la côte adriatique où une épidémie de phylloxéra avait réduit à néant la production d'huile d'olive et de vin, ces immigrés sont arrivés par milliers, comme les Allemands ou les Japonais au Brésil ou les Italiens en Argentine... Ils étaient à ce point nombreux qu'ils eurent leurs organes de presse, comme le journal *Sloboda* (La Liberté) à Antofagasta et d'autres publications à Punta Arenas. L'écrivain chilien Antonio Skármeta, Prix Médicis étranger en 2001 et connu, entre autres, pour le roman *Une ardente patience* dont fut tiré le film *Le Facteur*, est né en 1940 à Antofagasta de parents d'origine croate, venus de l'île de Brač.

Les Croates ne sont pas les seuls à être venus de la péninsule des Balkans; ils ont ouvert la voie à une «émigration en chaîne», qui a vu nombre d'habitants du Sud-Est européen, de la Bulgarie à la Voïvodine ou à la Roumanie, débarquer dans le cône sud de l'Amérique en quête d'une vie meilleure. María Sonia Cristoff en témoigne : cette écrivaine argentine née à Trelew, en Patagonie, a grandi dans une famille d'origine bulgare. « Mon père est né au cœur de la Patagonie, mais tout le monde autour de lui parlait bulgare » : ainsi commence *Faux calme*, livre dans lequel Cristoff évoque aussi le rêve de son aventurier de grand-père de reproduire dans le sud de l'Argentine une « petite Bulgarie ». Car la Patagonie et les îles australes n'intéressaient pas seulement des travailleurs durs à la tâche, prêts à s'épuiser dans les mines ou les estancias. Ces terres où la lumière était parfois réverbérée par des paillettes d'or attiraient comme l'aimant la limaille des aventuriers de tout poil, en quête d'un Klondike austral, parfois prêts à tout pour faire fortune. Ce fut le cas d'un autre Balkanique, Julius Popper, issu de la communauté juive de Roumanie et né à Bucarest en 1857. Passionné de géographie, il empocha un diplôme d'ingénieur à Paris et on le vit ensuite en Égypte où il œuvra au percement du canal de Suez, puis dans plusieurs pays d'Asie. Mais son destin l'attendait en Amérique du Sud, et plus précisément en Terre de Feu, où il obtint une concession minière. La région venait seulement d'être atteinte par la fièvre de l'or. En 1886, Popper dirigea une expédition d'orpailleurs et s'établit dans le Páramo, une péninsule sur la côte atlantique de la grande île. Des heurts opposèrent ce petit « conquistador » et sa petite armée privée, constituée de mercenaires serbes et croates, aux Indiens Selk'nam (ou Onas), qui peuplaient l'île et furent alors méthodiquement massacrés... Sur une photo de 1886, on voit Popper posant debout à côté d'un cadavre d'Indien, et plusieurs de ses hommes près de lui, en position de combat.

Popper : voilà bien un autre « monarque » local, avec Tounens et Menéndez. Mandaté dans un premier temps par Buenos Aires, eu égard à ses compétences, il échappa vite à tout contrôle. Ce potentat local battit monnaie – des pièces d'or frappées des mots « *Tierra del Fuego* » – et émit des timbres fuégiens, tout cela autour de 1890. Tyrannique et romanesque, l'homme a irrité et fasciné ; il traverse d'ailleurs les pages de plusieurs écrivains sud-américains. Voici ce que dit de lui Francisco Coloane, qui en fait par ailleurs un personnage dans son recueil de nouvelles *Tierra del Fuego* : « Européen arrogant et contradictoire, intellectuel, guerrier brutal et vulnérable, chasseur d'Indiens, chercheur d'or en Terre de Feu et trouveur de la plus absolue solitude qu'un homme ait jamais rencontrée sous ces latitudes. » Ce portrait figure dans la préface au roman *Cavalier seul*, du Chilien Patricio Manns, roman que hante l'aventurier roumain. D'autres écrivains ont aussi évoqué sa figure, comme l'Argentin Leopoldo Brizuela dans *Le Plaisir de la captive*. Et comme il se doit, le cinéma a pris le relais, avec plus ou moins de bonheur, comme avec le film du Chilien Miguel Littín, *Tierra del Fuego*, adaptation des nouvelles de Coloane. L'aventurier a même fait l'objet d'une bande dessinée : *Julio Popper, le dernier roi de Terre de Feu*, de Léonard Chemineau et Matz.

Chez Popper, non seulement le mélange d'intellectuel, d'aventurier et de brute a séduit, mais aussi sa fin énigmatique : celui que certains ont surnommé « le roi du Páramo » ou « le Don Quichotte fuégien » fut reconduit à Buenos Aires pour y être jugé mais mourut dans des circonstances mystérieuses dans sa chambre d'hôtel. Certains affirment qu'il a été empoisonné. Lorsqu'on voulut autopsier sa dépouille et que l'on rouvrit son cercueil, on s'aperçut qu'il était vide...

Au-delà de cette fascination pour un destin, reste que s'il n'y a plus de Selk'nam en Terre de Feu, c'est notamment à cause de « héros » comme Popper et ses sbires, et aux chasses à l'homme qu'ils menèrent sans merci. Quant à nous, quittant Punta Arenas, nous n'irons pas en Terre de Feu mais juste en face, sur une île où subsistent encore quelques Indiens, d'un autre peuple, les Yaghans.

Vers l'allée des géants

Hier, le vent violent a interrompu la noria des ferries entre le continent et la Terre de Feu, mais il est tombé maintenant, il marque une pause, si bien qu'il n'y a pas d'inquiétude à avoir pour le départ du *Yaghan*, qui, au terme d'une traversée de trois cent trois milles nautiques, doit nous conduire à Puerto Williams, localité la plus australe au monde, sur l'île chilienne de Navarino. Quand je le découvre, au port, le *Yaghan* me déçoit un peu. Je me dis qu'avec un rafiot de cette taille, nous aurons du souci à nous faire en cas de coup de tabac. Allons, me voilà sans doute excessif, comme souvent… Avec sa coque d'une belle couleur orangée, ce bâtiment de soixante-dix mètres n'est pas si vieux, puisque, vérification faite, je lis qu'il est sorti des chantiers navals de Valdivia en 2011.

Le *Yaghan* appareille à 18 h 15 pour trente-deux heures de traversée. Bientôt, il laisse à tribord la frise blanche des bâtiments de Punta Arenas et file plein sud – « filer » est sans doute excessif, disons qu'il progresse, dans une lumière d'une limpidité extraordinaire. Nous évaluerons un peu plus tard qu'il ne franchit guère les vingt kilomètres-heure : le peloton du Tour de France pourrait facilement nous dépasser. Quant au vent, il reste très modéré et tenir sur le pont du navire n'a rien d'héroïque. Nous longeons un cimetière de bateaux, au sud de la ville. Le *Yaghan* ne tangue pas ; quelques crêtes d'écume rappellent que la mer pourrait se réveiller rapidement, mais pour l'heure on se croirait sur le lac Léman… Dans le soir bleuissant, d'étranges bateaux plats apparaissent. Plats et longs. Des navires venus de Chine pour pêcher la crevette et le crabe dans les parages des Malouines, et qui font relâche par ici, nous dit un passager avec une mine de connaisseur.

Il fait doux dans ce lacis d'îles et de chenaux et je n'ai pas l'impression de me trouver par 53° sud, dans la grande banlieue du continent antarctique. Avec ses frêles palissades sur un escarpement, Fuerte Bulnes se découpe à tribord vers 22 h 30 et il ne fait pas encore nuit à cette latitude, au plein de l'été. Grâce à la clarté persistante, je découvre un moment plus tard le bout de l'Amérique, au loin. La pointe la plus australe du continent, là où il commence et prend fin en même temps. Voilà donc le cap Froward – « contrariant » ou « pénible », ainsi nommé par un corsaire anglais, Thomas Cavendish, qui le doubla en 1587. Comme une tête d'éléphant, ce promontoire trempe sa trompe dans le détroit de Magellan, avec, à son extrémité, un phare doublé d'un second bâtiment où brille une lumière – sans doute le logement du gardien de phare. Cela correspond peu ou prou aux indications de ma carte peu précise : au sud-ouest de Fuerte Bulnes. Qui donc peut bien veiller à bord de ce phare ? Quel comptable, chargé de noter dans un grand registre le passage de chaque embarcation, depuis les premières pirogues des Alacalufes, voici des millénaires, depuis les galions espagnols, voici cinq siècles, jusqu'à notre car-ferry ce 16 janvier ? C'est peu dire que je suis ému en observant le bout de ce continent commencé dans l'autre hémisphère, au détroit de Behring, à l'autre pôle du froid. Je ne quitte le cap des yeux que lorsque nous nous en éloignons, en continuant de longer, à bâbord, la grande île Dawson.

Une fois redescendu dans les boyaux du navire, je suis assailli par le doute en consultant une carte marine beaucoup plus détaillée. Est-ce bien le cap Froward que nous venons de voir ? N'est-ce pas plutôt une autre pointe, qui s'avance au bout de la baie San Juan, non loin de Fuerte Bulnes, à quelques milles encore de l'extrémité du continent ? Je sais le cap Froward isolé, inaccessible par la route, or, tout à l'heure, le promontoire à l'horizon était bien surmonté d'un phare, lequel doit être accessible ne serait-ce que par une piste carrossable. J'en conçois un certain dépit, même si le cap Froward ne devait pas être beaucoup plus loin. Mais voilà, il est resté invisible... Je n'ai pas vu le bout du continent et cela me chagrine. J'entends gronder en moi le voyageur grognon qui veut en avoir pour son argent...

Mes doutes se confirmeront par la suite, lorsque, consultant sur Internet des photos du cap en question, je m'apercevrai que le vrai Froward est considérablement plus abrupt que le Froward factice aperçu sur le pont. Et puis, le bout du continent américain est surmonté d'une grande croix métallique, la Croix des Mers, que j'aurais dû sans doute distinguer, se détachant sur l'horizon bleuté… Enfin, argument qui clôt le débat, je constaterai sur les photos qu'aucun phare ne s'élève au cap Froward.

Qu'ai-je vu ?

Effectuant des recherches sur Google Earth, je conclurai dans les jours suivants que nous sommes passés à proximité du phare le plus austral du continent américain, ce qui n'est pas rien, au fond. Inauguré en 1907, il s'élève au cap San Isidro, à la pointe de la péninsule de Brunswick, par 53° 47' 00" sud, mais il ne s'agit pourtant pas de celui que l'on surnomme le « phare du bout du monde » ; celui-là, rendu célèbre par Jules Verne, se situe plus au sud et plus à l'est, sur l'île des États que j'évoquerai plus loin.

Dorénavant, nous nous éloignons de tout lieu habité. Poursuivant cap au sud, nous laissons sur notre droite le chenal par lequel les navires remontent la côte du Chili jusqu'à Chiloé, Puerto Montt ou Valparaíso… La nuit d'encre n'offre plus rien à voir si ce n'est les feux d'un bateau de pêche. En bas, à l'intérieur, tout est très bien organisé, propre (pour l'instant). Chaque passager dispose d'un siège Pullman inclinable à cent quatre-vingts degrés, avec appuie-pieds, pour tenter de dormir. Nous avons une nuit complète à passer à bord, plus le début de la suivante, l'arrivée étant prévue à 1 heure du matin. Pour élever le niveau culturel des cent cinquante passagers, la compagnie maritime permet de regarder, sur les nombreux petits écrans fixés en hauteur, un bon vieux blockbuster – film catastrophe avec collisions en chaîne, incendies, effondrements et tueries. Parmi nos voisins, certains ont pris soin de bien monter le son pour ne pas en louper une miette, et nous en venons à leur proposer des écouteurs pour leur faire comprendre que nous ne partageons pas nécessairement leur cinéphilie. Sommeil, ô sommeil, viendras-tu me visiter cette nuit ?

Nous avons dîné à l'étage inférieur, dans un réfectoire en forme de couloir, en compagnie d'un couple de retraités français en voyage pour une durée de trois mois. Ils sont sérieusement mieux équipés que nous en termes d'applications de géolocalisation, si bien qu'à tout moment ils peuvent nous dire à quel endroit exact nous nous trouvons dans le labyrinthe d'eau et de montagnes où évolue le *Yaghan*. Repas correct, rien à redire, avec thé ou café à volonté. Les Français sont particulièrement nombreux à bord ; sans doute, pour les plus jeunes, des adeptes du trekking et du survivalisme qui iront bientôt robinsonner dans les tourbières du bout du monde. Quant au personnel chilien, il est aussi affable qu'efficace pour nous servir, distribuer des couvertures, veiller à ce que rien ne manque au petit peuple flottant et titubant que forment les passagers au pied peu marin. (Tiens, la mer se lève…) Les passagers chiliens, eux, sont trapus et barbus. Quelques belles trognes. J'aimerais bavarder, leur demander pourquoi diable ils se rendent à Puerto Williams et ce que leur réservent les jours à venir dans ces îles de perdition, mais comment m'exprimer, comment les comprendre ? Aucune de mes oreilles de *gringo*, contrairement à celles de mon compagnon d'équipée, n'entend quoi que ce soit à l'espagnol, mais il faut dire à ma décharge que le Chilien parle très vite. J'en suis persuadé, ses phrases comportent des issues dérobées, des trappes et autres passages secrets qui mènent au point final en un rien de temps. Ses mots galopent, glissent sur des pentes où ils acquièrent une vitesse folle pour l'ignare que je suis.

Au vu des cartes murales, et grâce à l'application du couple de retraités, je sais que nous passerons en lisière de l'océan durant la nuit. Brièvement, nous quitterons le dédale des îles et, sans ces boucliers-là, nous nous exposerons à de sérieux coups de vent car, quel que soit le site Internet de météorologie marine consulté, on nous promet une pluie copieuse et durable, avec une forte houle.

Cela ne manque pas. Il doit être 3 ou 4 heures du matin et sans doute longeons-nous la péninsule Brecknock (*Break neck ??*) quand je m'éveille secoué comme un prunier. Saleté de Pacifique. Cependant, pas encore de nausée.

Je réussis à m'assoupir de nouveau et, lorsque je rouvre les yeux, un jour pâlot filtre par les vitres. Nous sommes le 17 janvier et devons passer l'intégralité de la journée à bord… 7 heures du matin. La houle n'empêche pas de marcher, mais c'est d'une démarche de poivrot que les passagers vont se brosser les dents. Toujours pas de nausée. Le petit déjeuner passe même sans encombre. Café, accompagné d'un gâteau qui mérite une belle photo, avec son glaçage rose vif saupoudré de paillettes de sucre multicolores. Petite fête des couleurs pour contrebalancer les cinquante nuances de gris à l'extérieur : il pleut ferme et nous longeons toujours l'océan, étant donné le tangage. Francisco Coloane parle d'un « gris cruel » pour qualifier les paysages fuégiens, et ce gris cruel s'applique parfaitement aux flots sur lesquels nous balançons. Tout à coup, pendant le petit déjeuner, deux geysers fusent, suivis d'un beau dos et d'une queue noirs. Furtivement, la coque d'une baleine. Le spectacle est terminé. Le rideau de pluie et de vagues est déjà retombé… Ce sera la seule apparition d'un cétacé durant le voyage. Rien d'autre à voir au-dehors, au demeurant, et il est difficile de tenir plus de quelques minutes sur le pont. Dans un autre texte de Coloane, « La partie immergée de l'iceberg », le narrateur se rend comme nous à Navarino, mais en hiver, et parle d'une atmosphère d'une « transparence rare ».

Comme nous en sommes loin ! Des îles surgissent de la pluie et le temps s'améliore en un rien de temps pour empirer sitôt après. Quant au vent, il n'en démord pas : au cours d'une brève incursion sur le pont, j'aperçois la crinière d'une cascade littéralement soufflée, emportée par une bourrasque. À l'arrière du *Yaghan*, imperturbables, une demi-douzaine de pétrels rasent les flots, remontent, rasent les flots. Saisi par le vent froid, je regagne l'intérieur.

Il n'y a rien d'autre à faire que de subir une salle qui, depuis le début de la matinée, a retrouvé sa vocation de ciné-club, les blockbusters s'enchaînant sur les écrans : *Superman*, *Avengers*, etc. Les hublots sont grêlés de gouttes, rien ne change. Mon naturel inquiet se réveille. Des grands glaciers annoncés sur le parcours, apercevrons-nous seulement l'extrémité ? Il serait tellement dommage de rater ces premières sentinelles de l'Antarctique... Les prévisions météo pour l'après-midi sont un brin plus optimistes. Nous les tenons évidemment des innombrables applications du téléphone de nos retraités, lesquels, non contents de savoir où ils sont minute après minute, s'informent de l'état du ciel dans les deux à trois heures. Et si aucune de ces applications n'envisage un ciel d'une « transparence rare », un consensus se fait bel et bien quant à la possibilité d'embellies.

Depuis que nous avons quitté la lisière du Pacifique et avançons de nouveau protégés par des îles, le *Yaghan* a retrouvé un semblant de stabilité. De fait, un soleil tout d'abord timide commence à percer, argentant un poil la surface de ce qui va devenir, ou est déjà, le canal de Beagle, au pied de la cordillère de Darwin. Les voici de nouveau réunis tous les deux, Beagle et Darwin... C'est à bord du *HMS Beagle* que Darwin navigua dans la région, dans les années 1830 ; le navire était commandé par Robert Fitz Roy, nom que porte le sommet sculptural dont nous avons guetté l'apparition il y a quelques jours, à El Chaltén... Le canal de Beagle s'étire sur deux cent quarante kilomètres, encadré de hautes montagnes, et relie les eaux de l'Atlantique (à l'est) à celles du Pacifique (à l'ouest). Il longe la Isla Grande de Tierra del Fuego et marque sur une certaine distance la frontière entre Argentine et Chili. Là où nous sommes, pour l'instant, le Chili s'étend au nord comme au sud du canal, Chili austère et vide avec, sur les berges, des arbres rabougris, éreintés par les vents magellaniques, et plus en hauteur les longs fils blancs des cascades. Un seul point habité est signalé dans le courant de l'après-midi : deux édifices hérissés d'antennes – probablement un poste de surveillance de l'armée. Pas un animal marin, pas un homme. Seule, la muraille de la cordillère et, à ses pieds, une végétation de misère. Nous aurions beau écarquiller les yeux sans arrêt, impossible, en 2020, d'avoir la chance inouïe de Jean Raspail soixante-dix ans avant nous, un jour de l'hiver 1951. Cette chance, tout écrivain, consciemment ou non, rêve qu'elle lui tombe dessus comme la foudre. Cela peut s'appeler la grâce. Ou la baraka. Peu importe le nom. Alors qu'il voyageait à bord du *Micalvi* et que tombait une pluie diluvienne, Raspail entendit soudain le matelot de quart, posté en vigie, crier sous l'averse de grêle un petit mot de rien du tout : « *Indios !* » La scène se passait non pas dans le canal de Beagle mais plus au nord-ouest, entre les îles Riesco et Santa Inés. Une barque d'Indiens… À cette époque, quelques très rares Indiens refusaient encore la civilisation et vivaient en nomades des mers dans le lacis des chenaux. Et ce canot se dirigeait droit vers le *Micalvi*… J'imagine le jeune Raspail tremblant de la tête aux pieds en les découvrant, ces Indiens tristes et sans doute las de pêcher la *cholga* (moule de Magellan), venus quémander quelques denrées au pied du *Micalvi*. Raspail mesure aussitôt la portée de ce qu'il voit : « Me vint alors la conviction que dix mille années nous séparaient, à laquelle s'en ajouta une autre : cette conviction était partagée. » Ensuite, la barque s'éloigne lentement du *Micalvi* et Raspail sait qu'il n'est pas près de revoir ça. « Sur l'autre rive d'un fossé de cent siècles, les Alacalufes nomades s'enfuyaient encore plus loin dans le passé », écrit-il dans *Adiós, Tierra del Fuego*. Combien de temps la scène a-t-elle duré ? Une poignée de minutes, sans doute, rien de plus, mais une de ces poignées de temps qui décident de tant de choses.

Chaque vie d'écrivain connaît ses épiphanies, petites ou grandes, mais pour le Jean Raspail âgé de vingt-six ans qui n'avait encore rien publié, celle-là joua un rôle essentiel. La vision fugitive de cette barque – comme si les replis du temps et des chenaux avaient laissé échapper une scène d'un lointain passé – décida probablement de l'écriture de *Qui se souvient des hommes...*, d'*Adiós, Tierra del Fuego* et de bien d'autres livres. Elle désigna à l'écrivain en herbe la direction à prendre, comme une vigie signale les premiers oiseaux annonciateurs d'une terre prochaine. D'une terre promise. « L'émotion que j'avais ressentie est demeurée aussi forte durant les cinquante années qui ont suivi », écrit-il.

Les Indiens ont été domestiqués, terrassés par l'alcool et les maladies des Blancs. Nul n'en voit plus nomadiser à bord de leurs canots. Il nous reste encore, en 2020 – mais pour combien de temps ? –, un morceau de choix: les glaciers. Cela ne fait plus aucun doute, tôt ou tard ils vont apparaître sur le versant nord du canal maintenant que le ciel se dégage par moments.

Voici enfin les tout premiers : ils se cantonnent en altitude, méfiants comme des chamois. Massifs, bleutés, comme sortis du ventre des nuages avec lesquels ils se confondent. Oui, les premières sentinelles de l'Antarctique montent bien toujours la garde, en janvier 2020, par 54° 50' de latitude sud... Nous ne sommes pourtant pas si près du pôle Sud, au bout du compte ; transposé en latitude nord, 54° 50', cela équivaut à la ville de Flensburg à la frontière entre l'Allemagne et le Danemark, ou à la ville de Newcastle, dans le nord de l'Angleterre. À ceci près que les îles magellaniques n'ont pas de Gulf Stream en guise de couverture chauffante, à toutes saisons... Et le courant circumpolaire antarctique, l'équivalent du débit de cent cinquante grands fleuves, ne coule pas si loin d'ici...

Les passagers sont montés sur le pont. Après tout, ces enchevêtrements de séracs et de crevasses sont le clou de la traversée, que nous effectuons dans le sens le plus propice à l'observation. Les voyageurs qui rentrent par bateau de Puerto Williams à Punta Arenas appareillent en fin d'après-midi et la nuit est déjà noire lorsqu'ils arrivent au niveau des glaciers.

Nous voilà dans ce qu'on appelle l'allée des glaciers, ou l'avenue des glaciers (je préfère pour ma part « avenue des glaciers »). Les plus éminents portent le nom des pays dont les explorateurs se sont succédé dans les parages au cours des siècles passés : Holanda, España, Francia, Alemania, Italia. Sans oublier le glacier Romanche, du nom du navire d'exploration français qui croisa par ici en 1882-1883. Holanda n'aime pas le plat pays et campe en altitude. Francia, au centre du groupe des glaciers, ne descend pas non plus jusqu'aux eaux du canal, dont une moraine frontale le sépare. Il tombe de la cordillère de Darwin et s'arrête soudain, bloqué dans son élan par le réchauffement climatique. Quant à España, à l'évidence, il vêlait directement dans la mer il y a peu de temps encore. Nous arrivons trop tard. Deux cascades puissantes s'en échappent pour tomber cent mètres plus bas dans la mer. Oh, si nous avions eu la bonne idée de passer par ici un siècle plus tôt, quel spectacle imposant nous aurait été donné ! Alemania se présente peu après au loin, tout au bout d'un bras du canal. Peut-être n'atteint-il pas directement la mer mais il occupe une vallée à très basse altitude. Cependant, comment dire ? Alemania n'est pas à proprement parler un glacier. C'est le Nil ou l'Amazone figé dans les glaces. Un paysage d'il y a deux cents siècles, à l'apogée de la dernière période glaciaire…

En le regardant, à l'aise dans sa très large vallée, vous avez des frissons qui vous parcourent l'échine. De loin, Alemania vous rappelle le Perito Moreno et son arrière-pays du Hielo Patagónico…

Après, je me dis que c'est foutu. La pluie fouette de nouveau le pont du *Yaghan* et nous descendons nous mettre à l'abri. Dommage, car je ne sais quelle application téléphonique annonce que nous n'avons pas encore quitté l'allée des glaciers, l'un d'eux nous attend *dans un quart d'heure*.

Comme dans un film hollywoodien, tout s'arrange néanmoins. La pluie cesse. Un quart d'heure plus tard, nous approchons du dernier locataire de l'avenue : Italia. Cette fois, le *Yaghan* ralentit, puis s'arrête, car Italia n'est pas comme les autres. Italia s'effondre dans la mer. On pourrait même dire qu'il précipite ses séracs, ses crevasses, ses masses bleutées dans l'eau, comme on dit des lemmings qu'ils se jettent par groupes dans la mer, du haut des falaises… Tandis que le *Yaghan* demeure immobile, nous observons Italia dans un silence recueilli. C'est un moment étrange que le silence devant un glacier. Italia chute d'abord sur un replat, en hauteur, d'où il « rebondit » et retombe jusqu'au canal. En son centre, la glace est d'un bleu saphir pur, qui va ensuite brunissant sur les côtés, souillé par les éboulements de roches et de terre. Cette fois-ci, nous arrivons à temps, nous avons de la chance. Italia atteint encore la mer, et l'eau qui s'en échappe teinte le canal d'un vert glauque très pâle, si différent du bleu-gris de l'eau de mer.

Dans deux ou trois décennies, qui sait, Italia se sera replié sur les hauteurs, comme Francia ou Holanda. Le recul des glaciers m'a toujours plongé dans une mélancolie étrange, chaque fois que j'en ai été témoin. En 2018, dans les Rocheuses canadiennes, j'avais remonté le petit « chemin de croix » le long duquel est indiqué, de panneau en panneau, l'endroit atteint par le front du glacier Athabasca à telle ou telle époque. En cent vingt-cinq ans, Athabasca a perdu un bon kilomètre et demi. Le *Globe and Mail*, en août 2019, annonçait à quel rythme stupéfiant fond le glacier le plus visité d'Amérique du Nord : il perd plus de cinq mètres d'épaisseur de glace par an et pourrait disparaître en une génération. Quant au vaste champ de glace dont il fait partie, le Columbia Icefield, il est comme assiégé dans un camp retranché et se réduit comme peau de chagrin : en 1994, il occupait 325 kilomètres carrés ; aujourd'hui, à peine 220 kilomètres carrés. Voici une quinzaine d'années, j'avais fait un constat analogue, mais peut-être plus poignant, au pied du glacier du Rhône. Le recul y est plus spectaculaire, car il est balisé depuis plus d'un siècle. Ce qui reste du géant a déserté depuis longtemps la vallée et se terre en haute altitude.

Oui, une mélancolie étrange, comme si j'étais témoin de l'extinction d'une espèce de pachydermes. Cependant, notre esprit a besoin de trouver quelque happy end et le vol retour de Puerto Williams vers Punta Arenas, quelques jours plus tard, en sera un. Survolant la cordillère de Darwin, dans le sud de la Terre de Feu, nous découvrirons toute l'étendue de la calotte : des rivières de glace se jetant dans des fleuves de glace longs autant que larges, à n'en plus finir, recouvrant encore une bonne partie de la cordillère avant de tremper dans les eaux du canal de Beagle. Tout n'est donc pas fini ; consolons-nous comme nous pouvons.

Dans la soirée, le *Yaghan* pénètre au ralenti dans une baie pour une courte escale. Un quai et des habitations... Des gens, sur la berge ! Cela s'appelle Yendegaia. Nous en profitons pour descendre et poser pied sur la Terre de Feu que nous avons aperçue peu après notre entrée au Chili, en longeant le détroit de Magellan, et que nous frôlons maintenant depuis des heures dans le canal. J'ai besoin de toucher le sol de la Isla Grande de Tierra del Fuego, que je ne reverrai peut-être jamais et dont j'entends parler depuis que la curiosité s'est glissée en moi, enfant. Des passagers descendent avec leurs bagages : des ouvriers, employés sur le chantier d'une route appelée à relier l'avant-poste de Yendegaia au reste de la partie chilienne de la Terre de Feu. Les travaux ont commencé en 2011. Lorsqu'ils prendront fin, lorsque la route atteindra Porvenir, la petite « capitale » chilienne de l'île, Yendegaia sera désenclavé.

Yendegaia n'est pas une ville, pas même un village. Un établissement humain avec quelques installations civiles et d'autres militaires ; c'est que nous sommes ici tout près de la frontière argentine, et, si les Argentins sont massivement présents dans la région, autour de la ville d'Ushuaia, les Chiliens, eux, ne sont guère implantés par ici.

Sur la terre ferme, quelques bidasses et des chiens, quelques civils aussi. On débarque un peu de tout – des cageots de pommes, des cartons contenant je ne sais quels appareils ménagers. Des pick-up, descendus là par une piste carrossable, attendent de prendre en charge ces marchandises. Voilà pratiquement trente heures que nous n'avions pas vu âme qui vive sur le rivage et, après les abrupts austères que nous longeons depuis la veille, cette petite animation fait franchement du bien. *Bienvenidos Yendegaia – Chile*, proclame un panneau près duquel des routards se font prendre en photo avec un troufion.

Et puis, plus tard, les voilà : les lumières d'Ushuaia. Elles scintillent au loin dans le bleuté du soir, aux alentours de 22 heures, surmontées de montagnes qui nous paraissent himalayennes mais qui ne le sont pas – à peine plus de 1 300 mètres au Cerro Martial pas loin duquel on peut dévaler les pistes de la station de ski « la plus australe au monde ». Il est vrai que, par ici, tout revendique le fait d'être le plus au sud. Le lendemain, nous dînerons au restaurant le plus austral du globe.

Dans la langue des Yaghans, *Ushuaia* signifie « baie pénétrant vers l'ouest ». De fait, la ville est lovée au fond d'un renfoncement de la côte nord du canal de Beagle, lequel, depuis que nous en avons terminé avec l'« avenue des glaciers », s'est passablement élargi. La voilà donc, la ville mythique, la plus australe au monde, me dis-je sans décoller les yeux de la vitre. Je zoome avec l'appareil photo dans l'espoir de distinguer quelque chose, mais seules se détachent des barres d'immeubles bleues ou rouges, le long du rivage, et puis, au-delà, l'éclairage public entre des habitations à flanc de pente. Soixante mille habitants… Ceux qui s'y sont rendus ne nous ont pas conseillé d'aller à Ushuaia, ville qu'on dit sans attrait, envahie de touristes, où font escale les nombreux paquebots qui descendent ensuite vers l'Antarctique. Et pourtant, quel nom magnétique, Ushuaia. Je l'observe sagement derrière les vitres. Dépassant ses lumières à la vitesse de vingt kilomètres-heure, je me promets tout de même de m'y rendre un jour, malgré ce qu'on nous en a dit. Voici quelques années, faisant escale à Bogotá, j'avais eu entre deux avions le temps d'observer la ville au loin, surmontée de montagnes au flanc desquelles s'accrochaient une végétation luxuriante et des églises ou des monastères blancs, et je m'étais promis d'y retourner un jour. Au soir de sa vie, il faudrait effectuer un tour du monde avec pour étapes tous les endroits où, lors des voyages précédents, vous avez négligé d'aller. La capitale colombienne figurerait parmi mes destinations. Ushuaia aussi, où je me rendrais par la route, par la partie argentine de la Terre de Feu, car – c'est la raison principale pour laquelle nous n'avons pas prévu d'y aller cette fois-ci – il n'existe pas de ligne maritime régulière entre le port argentin et l'île chilienne où nous arriverons dans deux-trois heures. Les relations entre Buenos Aires et Santiago sont toujours envenimées par de vieux contentieux, dont les braises peinent à s'éteindre. Nous en avons été témoins, voici quelques jours, après être entrés au Chili. À Punta Delgada, nous avions tourné à gauche en direction du terminal des ferries pour la Terre de Feu. À cet endroit, le détroit de Magellan forme un goulet et la Terre de Feu est facilement visible. Cependant, impossible d'atteindre la côte car une file d'attente de voitures s'était formée et nous avons dû nous contenter d'observer de loin. Sans même pouvoir avancer à pied vers le rivage à travers champs : une double rangée de barbelés nous l'interdisait et sur les poteaux, de loin en loin, étaient cloués de petits panneaux triangulaires rouges avec un seul mot dessus : MINAS. Le terminal de ferries et ses citernes de carburant, points stratégiques à la merci d'une incursion argentine, étaient protégés par un champ de mines ! En quelle année les avait-on posées ? À bord du *Yaghan*, à l'approche de l'île Navarino, je repense à ce brutal rappel des tensions géopolitiques alors que, sur la Ruta del Fin del Mundo qui longe le détroit de Magellan, nous nous croyions si loin des hommes, dans des paysages vides…

Navarino, où j'ai hâte maintenant de débarquer, est la plus grande île chilienne au sud de la Terre de Feu. À l'est, au débouché du canal de Beagle, elle est flanquée de trois autres îles, plus petites et inhabitées : Picton, Lennox et Nueva. Ce trio a bien failli plonger le Chili et l'Argentine dans la guerre, il n'y a pas si longtemps : en 1978. Buenos Aires affirmait depuis des années que ces îles étaient siennes. J'en ai eu la confirmation sans la chercher, dans les salons de l'hôtel Lar Aike, à El Calafate, où je m'étais installé dans un fauteuil à bascule pour un brin de lecture. À ma gauche, mes yeux se sont portés sur une grande carte murale datant de 1975. Très instructive, cette carte… Elle avait été éditée par l'Institut géographique militaire argentin, avant même que le général Videla et sa clique de tortionnaires ne prennent le pouvoir. Isabel Perón était à la tête du pays, pour quelques mois encore. Sur cette carte, Picton, Lennox et Nueva étaient englobées ni plus ni moins dans le territoire argentin. Dans la foulée, l'Argentine s'attribuait une part substantielle du camembert Antarctique, dans une zone où le Chili comptait pourtant une quinzaine de bases de recherche. Or, le Traité international sur l'Antarctique, dont Buenos Aires était alors et est toujours signataire, suspend toute souveraineté sur le continent de glace... Quant aux Malouines, sur la carte de 1975, elles sont considérées comme argentines, de même que la Géorgie du Sud et les Orcades du Sud, sans oublier tant qu'on y est les Sandwich du Sud... Voilà des cartographes qui n'étaient guère assaillis par le doute. Au poste-frontière argentin où nous passerons en rentrant du Chili, une affiche proclame que les Malouines sont argentines. Et sur le billet bleu de cinquante pesos mis en circulation en 2015 et toujours utilisé se dessinent les contours des Malouines, encore elles (accompagnées, en plus petit, de la part de camembert antarctique que s'attribue l'Argentine).

Bien entendu, les contentieux entre le Chili et l'Argentine ne datent pas de 1978, l'année où l'on fut à deux doigts d'un conflit armé. Au XIXe siècle, nombre de territoires figurent encore dans des zones grises et l'on parle de *terra nullius* à l'égard de la Patagonie : terre qui ne relève d'aucun État. Soucieux d'asseoir sa présence dans la région, le Chili construit le fort Bulnes, qui domine le détroit de Magellan, en 1843. Santiago place ses pions, colonise certains sites avant que l'Argentine ne fasse de même. Indépendants depuis quelques décennies seulement, les deux pays voisins s'emploient cependant à la fin du XIXe siècle à délimiter le tracé de leur frontière commune. Un « traité des limites » (*Tratado de Límites*) est conclu le 23 juillet 1881, qui est censé tout régler. Perito Moreno, en sa qualité de géographe et d'explorateur, est mis à contribution par la suite pour bien préciser le tracé de la frontière. La quasi-totalité des cartes argentines publiées dans les années 1880, comme par exemple celle de l'Institut géographique argentin (1886), situent bien les trois îles de la discorde, Lennox, Picton et Nueva, en territoire chilien, et le traité de 1881 ne subit pas de modification par la suite. En naviguant sur le canal de Beagle, en observant les étendues et les pentes désertées par l'homme, livrées au froid et au vent incessant qui limitent la croissance des arbres, devant ces paysages sans routes ni bâtisses on est à cent lieues d'imaginer que les hommes puissent trouver ici motif à une guerre, parce que certains revendiquent des montagnes incultes et des fondrières que d'autres estiment leurs. Et pourtant… Ce n'est pas un hasard si Hergé a situé en Amérique du Sud deux de ses meilleurs albums, dont *L'Oreille cassée*. Les conflits territoriaux ne sont certes pas l'apanage de l'Amérique du Sud mais on a là-bas, en la matière, une expérience, un goût prononcé pour les chicaneries frontalières. Pareilles chicaneries, et les interprétations diverses que l'on peut avoir d'un traité censé tout régler, on pourrait néanmoins les comprendre dans des régions fertiles, dont le sous-sol regorge de matières premières, mais ici, me dis-je à bord du *Yaghan* en longeant des côtes où rien ne paraît exploitable… Oui, ici ! Fallait-il donc que les dictateurs s'ennuient, à la fin des années 1970, pour jouer à se faire peur ?

De fait, le traité de 1881 réglait bien des questions mais en posait d'autres. Ainsi, les Chiliens estimaient que, dans l'est du canal de Beagle, la frontière passait au nord de l'île Picton (dans le bras nord du Beagle, donc) ; aux yeux des Argentins, en revanche, elle passait *au sud* de Picton, dans le bras sud du Beagle, plus profond, et plus propice à la navigation… Si bien que, une vingtaine d'années avant le « conflit du Beagle », un incident sérieux éclata quand le Chili se mit en tête d'ériger un phare sur l'îlot Snipe, situé non loin des côtes de Navarino et pas loin non plus de l'île Picton. Santiago et Buenos Aires ne s'étaient pas accordés sur la souveraineté de

Snipe, inhabité à l'exception d'un Indien yaghan que le Chili avait autorisé à faire paître ses moutons… Une thèse d'État que l'on consacrerait à la bêtise humaine pourrait amplement s'appuyer sur ce cas d'école, « l'incident Snipe ». Durant plusieurs mois de 1958, Chiliens et Argentins jouèrent à construire des phares et à détruire ceux que l'adversaire érigeait. Un premier phare bâti par les Chiliens fut détruit en mai par les Argentins, qui en construisirent un autre à la place… Quelques jours plus tard, les Chiliens démolissaient le phare argentin… pour, en juin, en édifier un nouveau. Le lendemain de sa construction, le nouveau phare fut pulvérisé par les canons de la marine argentine… Des soldats argentins débarquèrent sur l'îlot et l'occupèrent. L'histoire ne dit pas ce qu'il advint du berger yaghan et de son troupeau de moutons. Au bout du compte, une trêve fut conclue et les Argentins se retirèrent ; le statu quo, c'est-à-dire le flou, prévalut sur la question de la souveraineté de l'îlot. L'auteur potentiel d'une thèse d'État sur la bêtise humaine, si tant est que cette matière ne lui suffise pas, pourrait s'inspirer de la suite des événements : en 1971 (tiens, la raison semble l'emporter !), Buenos Aires et Santiago en appelèrent à un arbitrage britannique pour statuer sur la question des trois îles inhabitées que sont Lennox, Picton et Nueva. Au bout de six ans de réflexion, les juges confirmèrent que ces îles étaient bien chiliennes, et l'année suivante (1978) l'Argentine, naturellement insatisfaite, déclara que cette sentence internationale était nulle et non avenue.

Ces tartarinades se seraient cantonnées au registre du burlesque si la dictature argentine n'avait pas subitement vu rouge et ordonné la mobilisation de son armée, dans l'espoir de contraindre la dictature chilienne à négocier. Elle se heurta à un mur : Santiago considérait qu'il n'y avait rien à négocier... Tout était en place, ainsi, pour ce qu'on appelle le « conflit du Beagle ». L'armée argentine n'envisagea pas seulement d'occuper les trois îles inhabitées, elle prépara une invasion en règle du Chili – baptisée *Opéración Soberanía* (Souveraineté). Celle-ci prévoyait, en cas de résistance militaire chilienne dans le secteur des trois îles, de couper les voies de communication entre le sud et le nord du Chili, par une percée militaire à travers les Andes, de menacer Santiago et de mettre la main sur la ville portuaire de Valparaíso ; plus au sud, de bombarder des sites militaires à Punta Arenas, d'où est parti notre bateau, et à Puerto Williams, la localité chilienne qu'il s'apprête à atteindre... Que se passa-t-il pour que, *in extremis*, juste avant Noël 1978, Buenos Aires renonce à la guerre ? Une tempête opportune retarda le départ de la flotte vers les trois îles au cœur du litige ; pendant ce sursis, une offre de médiation du pape Jean-Paul II semble avoir ramené les caciques argentins à la raison. Au bout du compte, un traité fut signé en 1984 (après le fiasco militaire de la guerre des Malouines avec les Britanniques et sa conséquence politique, le retour de la démocratie en Argentine), en vertu duquel Buenos Aires reconnaissait la souveraineté chilienne sur les trois îles…

Nous n'avons pas prévu de nous rendre dans les parages de Picton, Lennox ou Nueva. Qui aurait bien pu nous y conduire, au demeurant ? Puerto Williams et ses alentours seront le point le plus austral de notre voyage. D'autres voyageurs, à bord du *Yaghan*, ont en revanche l'intention de poursuivre en direction du cap Horn, situé à l'extrémité de Horn, île la plus au sud de toutes les îles au sud de la Terre de Feu, et qu'habitent en tout et pour tout un gardien de phare et sa famille.

Un écrivain s'est rendu quant à lui voici longtemps, par l'imagination, sur l'île Nueva. Il s'agit de Jules Verne, qui l'évoque dans son roman *En Magellanie*. Ce titre ne dit sans doute pas grand-chose à nombre de lecteurs car pendant longtemps le roman en eut un autre : *Les Naufragés du Jonathan*. Écrit à la fin 1897 et au début 1898, il parut à titre posthume en 1909, dans une version considérablement amendée (certains disent « dénaturée ») par Michel Verne, le fils de l'écrivain. *En Magellanie* est le titre de la version originale, qui fut publiée seulement à la fin des années 1980, après la découverte du manuscrit par le vernien Piero Gondolo della Riva.

Je n'ai pas lu *Les Naufragés du Jonathan* et connais uniquement *En Magellanie*, qui commence sur l'île Nueva, francisée en « île Neuve » par Jules Verne, et se poursuit sur une autre île de la région, Hoste. *En Magellanie* aborde deux aspects intéressants d'un point de vue historique. Le roman se situe à la période où Nueva, comme l'île Hoste, va cesser de faire partie des zones grises et passer sous la souveraineté d'un État, ce qui jouera un rôle dans le cours du récit. Et puis, pour créer son personnage principal, qu'il appelle le Kaw-djer, Jules Verne s'est inspiré de l'archiduc d'Autriche Jean de Habsbourg-Toscane, lequel a été contraint de quitter son pays et a poursuivi sa vie à l'étranger sous le nom de Jean Orth (Orth était le nom d'un de ses châteaux en Autriche). Le mystère plane autour de son sort, qui a alimenté bien des légendes. Une énigme, la vie de cet archiduc, étroitement liée au drame de Mayerling. Voilà une très bonne occasion de manier le conditionnel car, chez Orth, rien n'est certain. Rodolphe, fils de l'empereur d'Autriche, et son cousin l'archiduc d'Autriche Jean de Habsbourg-Toscane (le futur Jean Orth) auraient, animés d'idées libérales, comploté pour renverser la monarchie austro-hongroise, mais la tentative de coup de force aurait tourné court. Rodolphe se serait suicidé ou aurait été assassiné dans le pavillon de chasse de Mayerling, en compagnie de la jeune Marie Vetsera ; quant à Jean Orth, l'empereur le déchut de sa nationalité autrichienne et lui interdit de vivre dans les frontières de l'empire… Un an après l'affaire Mayerling, Jean Orth, qui s'était établi à Londres, partit pour les mers australes à bord d'une goélette. À Buenos Aires, il adressa un courrier à un ami lui faisant part de son intention d'aller à la découverte de la Patagonie et des îles qui s'étendent de la Terre de Feu au cap Horn. Le navire repartit et on n'en eut plus jamais aucune nouvelle, malgré les recherches effectuées pour le compte des autorités autrichiennes… Orth a-t-il péri noyé dans le naufrage de sa goélette ? C'est fort probable. N'aurait-il pas réussi à survivre à un naufrage ? C'est là que la machine à légendes s'est emballée. On a cru ou voulu voir Jean Orth ici ou là. « C'est une de ces histoires peu connues, écrit Jean Raspail dans *Adiós, Tierra del Fuego*, que se passent de relais en relais certains chevaliers de la pluie, voyageurs du bout du monde en Patagonie australe. Certains y croient, d'autres moins, ou pas du tout, mais nul ne connaît la réponse. » Un explorateur français, le comte Jean de Liniers, se persuada d'avoir rencontré Jean Orth au pied des Andes, quelque part entre le lac Viedma et le Fitz Roy, tout près en somme de la vallée tranquille où serait fondée la localité d'El Chaltén. C'était au cours de l'été 1909. Jean de Liniers cherchait un passage pour traverser la cordillère mais se heurtait au Hielo Patagónico, l'immense glacier dont le Perito Moreno est une des pointes avancées. Qui rencontra-t-il exactement ? Bienheureux qui pourrait le dire. Un éleveur, quoi qu'il en soit, d'une soixantaine d'années. Ce qui a intrigué Jean de Liniers, c'est qu'un des *peones* s'adressait à l'éleveur en allemand, et sur un ton de déférence particulier. Et aussi, ajoute Liniers, l'éleveur se serait présenté sous le nom de Jean Orth... L'explorateur français revint sur place deux ans plus tard, pour apprendre que ledit Jean Orth était mort l'année précédente... Alors, mort dans la région du Fitz Roy, en tant qu'éleveur, ou mort dans le naufrage de sa goélette entre les îles australes de la Patagonie ? Jean de Liniers voulait-il faire parler de lui et a-t-il tout inventé à son retour ? Il ne serait pas le seul à avoir vu Orth. Un ingénieur du nom de Lázaro Molinari, chargé de topographie et de cadastre dans la région, aurait attesté dans un rapport de la présence de Jean Orth dans ce secteur, en 1904... (Cette mention-là n'apparaît que peu sur Internet et doit être mise en doute.) Jean Raspail préfère rester prudent lui aussi. Quant à Jules Verne, il reprend le personnage de Jean Orth là où s'arrête ce que l'on sait de lui : au cours du fameux voyage, sans doute fatal, de la goélette dans les parages du cap Horn. Il en fait un personnage haut en couleur, un anarchiste qui, en sauvant les naufragés du *Jonathan*, les aide à fonder une communauté utopique sur une île qui ne dépend d'aucun État… Tout l'art de Jules Verne est de ne pas révéler le secret de son Kaw-djer, et cependant il sème des indices qui peuvent rappeler la figure de l'archiduc Jean: « Tout ce que l'on pouvait déduire de sa physionomie grave et triste, c'est que l'existence lui avait réservé bien des déceptions, peut-être des rêves d'ambitions qui n'avaient pu être réalisés, peut-être celui de réformer un état social qu'il ne pouvait admettre… »

Jean Orth a emporté dans sa tombe le secret de sa fin et a inspiré Jules Verne comme il a fait rêver et continue de faire rêver ceux que Raspail nomme les « chevaliers de la pluie ». Chevalier de la pluie, Jules Verne, même si, malgré sa passion de la mer, il n'a jamais poussé jusqu'au cap Horn ? Sans doute peut-on lui décerner ce titre honorifique car, parmi les six romans inédits qu'il laissa à sa mort, figurait un autre ayant pour cadre les confins de l'Amérique du Sud: *Le Phare du bout du monde*, que son fils a peu remanié, par comparaison avec la dénaturation infligée à *En Magellanie*. *Le Phare du bout du monde*, écrit en 1901, est postérieur de quatre ans à *En Magellanie*. Jules Verne lui donne pour cadre l'île (argentine) des États, au large de la pointe sud-est de la Terre de Feu. Il y est question d'une histoire de pirates-bandits qui jouent les naufrageurs et assassinent deux des trois gardiens du phare... Jules Verne situe l'action autour de 1860 mais il s'est inspiré du phare de San Juan del Salvamento, inauguré en fait en 1884 à la pointe est de l'île. À rebours de l'œuvre de Raspail qui fait grand cas des Indiens, Jules Verne peint une Patagonie pour ainsi dire exempte de Patagons. Ce qu'il lui fallait avant tout était un cadre de ce genre – une île battue par les tempêtes au bout de tout. Non, rendons-lui justice, les Indiens, qu'il appelle Fuégiens ou Patagons, sont mentionnés dans certaines de ses pages, notamment dans un autre roman, *Les Enfants du capitaine Grant*, au chapitre IX, « Le détroit de Magellan ». On les évoque dans les conversations à bord du *Duncan*, car nul ne les voit, et comme on ne les voit pas on en reste aux ouï-dire, aux témoignages indirects. On disserte notamment sur leur taille, que certains disent exceptionnelle, quand d'autres tendent à les rabaisser. « À moins, reprit Paganel, qu'ils n'existent pas, ce qui mettrait tout le monde d'accord. Mais pour finir, mes amis, j'ajouterai cette remarque consolante : c'est que le détroit de Magellan est magnifique, même sans Patagons ! » Nous en sommes là, en 2020 : nous avons vogué nous aussi dans un détroit de Magellan sans Patagons et notre dernier espoir est de pouvoir croiser quelques Yaghans, métissés, dans les rues de Puerto Williams. Les passagers du *Duncan*, eux, longent le pénitencier de « Punta Arena » (*sic*), observent le drapeau chilien qui flotte sur la colonie, passent au large de Port-Famine puis doublent le cap Froward pour mettre ensuite cap au nord. Les temps ont changé ; on ne se consolerait pas aujourd'hui de ce que le détroit « est magnifique, même sans Patagons ». Raspail et d'autres ont rendu un bel hommage aux Indiens, ce qui ne répare pas les torts qu'ils ont subis. Mais enfin, avec tout le lyrisme, l'empathie et la verve qui caractérisent ses écrits, et en exaltant le personnage fantasque d'Antoine de Tounens, éphémère roi autoproclamé qui avait fait alliance avec les Indiens du nord de la Patagonie, Raspail a tiré cette région de l'ombre et redonné vie à ceux qui la peuplèrent. Dans la nuit qui tombe, à l'approche de Puerto Williams, je repense à l'expédition de Raspail et d'une bande de compères à l'archipel des Minquiers, dans les îles Anglo-Normandes, un jour de 1984. Ayant décrété que la capitale virtuelle du royaume non moins virtuel de Patagonie serait située sur l'île Maîtresse, dans ces Minquiers qui émergent à peine des flots, ils s'y rendirent en bateau, hissèrent le tricolore patagon (bleu, blanc, vert) et cimentèrent une plaque en marbre avec dessus cette déclaration empreinte d'une folie douce bienfaitrice, laquelle a dû faire sourire, par la suite, les agents britanniques venus retirer le drapeau :

Au nom de S.M.
Orélie Antoine Ier
Roi de Patagonie
L'archipel des Minquiers
est déclaré
territoire patagon
Ce 1er juin 1984

Ainsi, grâce à cette petite dose de folie douce, certains écrivent-ils *Qui se souvient des hommes...* et perpétuent-ils le souvenir d'un royaume dont l'aristocratie se composerait de « chevaliers de la pluie ». D'autres, plus modestement, traversent le globe, montent à bord du *Yaghan* un soir de l'été austral 2020 pour aller vérifier dans la localité de Puerto Williams s'il existe encore des *Patagons* et infirmer, le cas échéant, les propos de Paganel ; leur séjour, à cet égard, leur réservera une belle surprise.

La proue de la planète

Pendant des années j'avais attendu ce moment-là – cette navigation-là. Ce ferry que je n'avais pas pu prendre sept ans plus tôt lorsque je me trouvais à Punta Arenas, je l'avais fait prendre à quelques-uns de mes personnages dans un roman – effet de compensation sans doute, mais qui ne me satisfaisait qu'à demi. Il en allait de même pour la petite ville de Puerto Williams, la plus au sud du monde, où se terminait le roman en question. Et voici qu'enfin j'avais l'occasion de revenir en Patagonie chilienne et de pouvoir en quelque sorte vérifier, ainsi que je l'avais déjà fait lors de précédents voyages aux États-Unis ou en Russie, jusqu'à quel point la réalité des lieux correspondait aux fictions qu'autour d'eux j'avais bâties.

Dans *Le Tour de la prison*, Marguerite Yourcenar, se remémorant le voyage en Alaska qu'elle avait effectué avec une amie, évoque le « long glissement entre des créneaux de montagnes encapuchonnés de neige, encore assez dénués d'histoire pour paraître neufs et purs », qu'avait été la navigation dans le Passage intérieur, et écrit : « [...] je regardais avec elle le ciel rouge, avec cette sensation d'être à la proue de la planète que donne toute remontée sur mer vers le nord. »

Il nous était déjà arrivé d'éprouver l'un et l'autre à peu près la même sensation en descendant, vers leur embouchure dans l'Arctique, deux grands fleuves sibériens, la Lena en 2010, puis l'Ienisseï deux ans plus tard. Il nous arrivait alors, le soir, de nous installer à la proue du navire, comme pour être le plus près possible de ce bout du monde vers lequel nous nous dirigions, horizon mystérieux qui à l'approche du pôle semblait se tordre, s'infléchir, s'agrandir, et s'arrondir « comme l'ovale d'un œuf », ainsi que l'écrit quelque part Francesco Coloane, dessinant une frontière au-delà de laquelle tout basculerait peut-être vers un indiscernable ailleurs – comme dans ces anciennes théories de la Terre creuse à laquelle on accède au niveau des pôles, où de gigantesques cataractes engloutissent les navires et les font basculer dans les mondes inférieurs.

Dix ans plus tard c'était vers d'autres bouts du monde, plein sud cette fois, que nous naviguions. Et si, pour cause de triste météo, le ciel n'était pas rouge mais uniformément gris, la sensation d'être à la proue de la planète était toujours là – c'était la même construction mentale qui prévalait, la même illusion de l'espace fournie par la puissance de l'esprit.

À Punta Arenas nous avions donc embarqué un soir sur le ferry *Yaghan*, descendu le détroit de Magellan, étions brièvement sortis dans le Pacifique où les vents nous avaient un peu secoués, puis avions bifurqué plein est pour nous retrouver à l'abri dans les entrelacs d'îles et canaux qui forment une partie de la fine et complexe dentelle de la côte occidentale chilienne. Au petit matin nous longions des îles désolées – ce n'étaient pas encore les hauts sommets ni les glaciers qui devaient se livrer à nous plus tard dans la journée. Je pensais aux Indiens Yaghans, ou Yámanas, tout comme la veille, longeant le détroit de Magellan, je pensais aux Alacalufes, ou Kawésqars, ces deux peuples de nomades marins qui vivaient dans ces lieux, cabotant de plage en plage, vulnérables et nus dans leurs petits canots. Les témoignages de ceux qui les ont approchés font souvent état d'êtres mélancoliques, semblant le plus souvent abattus de tristesse. Certains avancent que le climat, les dures conditions de vie, le froid, la grisaille, la violence des éléments, le peu d'ensoleillement pouvaient favoriser, ou provoquer, une telle mélancolie congénitale. On fait aussi remarquer que dans la langue des Yaghans par exemple, dont le révérend Thomas Bridges avait établi un dictionnaire bilingue en anglais, il n'y a pas de mot pour « bonheur » – ni pour d'autres notions morales telles que « péché » ou « salut de l'âme », ce qui posait problème pour leur enseigner les vérités de la Vraie Foi. Mais on pourrait aussi bien penser que le simple fait de vivre ce qui, pour eux, était la seule vie possible, la vie même, celle de leurs parents, leurs ancêtres, avec leurs joies et leurs peines, était en soi suffisant, sinon à leur « bonheur » (notion difficile à définir, rien d'autre peut-être qu'un état insaisissable, un sentiment diffus qui peut, à l'occasion, rarement, vous sauter dessus sans prévenir, comme un chat sur vos genoux – un *satori*), du moins à un relatif bien-être, un commun accommodement avec ce qui constituait, pour eux qui se nommaient *Yámanas*, « les hommes », le propre de la condition humaine (le verbe *yámana* signifie « vivre, respirer, être en bonne santé »). Le père

Martin Gusinde, qui étudia Yámanas, Kawésqars et Selk'nam, dont il réalisa de spectaculaires photos de guerriers peinturlurés, mais aussi certaines tribus indiennes d'Amérique du Nord, écrit que les Yaghans « ressemblent à des oiseaux migrateurs qui ne tiennent pas en place et ne trouvent le bonheur et le calme intérieur que lorsqu'ils voyagent ». Du reste les concepts abstraits tels que « bonheur », « malheur », « bien », « mal » ou « péché » semblent, dans cette langue, devoir s'appuyer exclusivement sur les objets du réel. Le langage en somme, dès l'origine métaphorique, l'est ici à un point extrême. « Que penser d'un peuple, écrit Bruce Chatwin – qui dit avoir eu entre les mains le manuscrit du *Dictionnaire* du révérend Bridges –, qui définissait la monotonie comme une "absence de camarades" ? Ou qui utilisait pour "dépression" le mot qui décrivait la phase vulnérable du cycle saisonnier du crabe, celle où l'animal, dépouillé de sa vieille carcasse, attend que la nouvelle se forme ? Ou qui faisait dériver l'adjectif "paresseux" du nom du manchot ? Et "adultère" du nom du hobereau, un petit faucon qui volette çà et là pour s'arrêter, immobile, au-dessus de sa prochaine victime ? » On peut penser que, l'observateur influant sur l'élément observé, il n'était pas impossible non plus que, depuis le contact avec les Blancs, leur comportement s'en fût trouvé modifié... On imagine à leur sujet des vies misérables, me disais-je en contemplant les mornes rivages qui défilaient dans la grisaille et la pluie, mais après tout, qu'en sait-on.

Ensuite nous avions longé des îlots pelés et gris, couverts de mousse, où perçaient quelques cascades. Puis nous avions rejoint le « petit » canal de Beagle, à partir de quoi s'étaient succédé les paysages grandioses mentionnés plus haut : cascades vertigineuses et montagnes noires couronnées de nuages ou de forêts touffues côté sud et, côté nord, une succession de glaciers dont le dernier s'effondrait sur le rivage en une gigantesque meringue bleutée. Des pétrels, quelques sternes survolaient tout cela. Le ciel était d'un gris furieux, lacéré de bandes noires. Le vent mugissait à nos oreilles. La pluie, le crachin glacé, pénétrait chaussures et vêtements. C'était de tous côtés la démesure, la solitude absolue, la puissance aveugle, terrible et belle, sublimement éprouvante, de la nature sans hommes.

Puis nous étions arrivés à la très australe Puerto Williams. La notion de « ville la plus au sud du monde », il faut le dire, est disputée. Les Argentins prétendent qu'il s'agit de l'argentine Ushuaia, sous prétexte qu'elle compte plus de 20000 habitants – comme si au-dessous on n'était pas vraiment sérieux. Les Chiliens, eux, choisissent la chilienne Puerto Williams, base navale créée en 1953 en raison de sa position stratégique, qui certes ne compte que 2500 habitants, mais qui de fait se situe une quinzaine de kilomètres plus au sud qu'Ushuaia, de l'autre côté du canal de Beagle. Ville, bourg ou agglomération, Puerto Williams n'est d'ailleurs pas le point habité en permanence le plus au sud du monde, puisqu'il y a, sur la même île Navarino, un peu plus bas le long de la côte est, quelques maisons regroupées sous le nom de Puerto Toro.

En marchant dans les rues de Puerto Williams, il nous est arrivé de penser fugitivement à d'autres rues, certes beaucoup plus austères, plus grises, plus défoncées, plus tristes aussi, et davantage soumises à la rigueur du climat : celles de la petite ville de Tiksi, la plus septentrionale du monde, au bord de l'océan Arctique. Une commune sensation de bout du monde prévalait, accentuée sans nul doute en Russie, où l'on était de fait beaucoup plus au nord que ce que nous étions ici au sud, mais quelque chose comme une semblable vastitude des ciels, des eaux identiquement gris perle, des vents identiquement pénétrants, des lumières identiquement crues.

L'aspect global des rues pouvait correspondre à peu près à ce que disait Roger Caillois à propos de quelques villages de Patagonie qu'il avait traversés dans les années 40: « Ces maisons [...] obéissent à une disposition uniforme qui fait contraste avec le plan toujours personnel des villages qui, en de plus anciennes contrées, étoilés autour d'une église ou alignés le long d'une route, dénoncent une géographie tout humaine et toute façonnée par le site. » Et puis il y avait le bitume par endroits défoncé, la boue, les chiens errants, les rues ou ruelles le plus souvent vides – comme une sensation d'abandon, oui, mais rehaussée ici

par certaines façades peintes de couleurs vives, des rideaux colorés, une fleur derrière une vitre, et la douceur des prés qui venaient lécher les rivages du port. Car le paysage pouvait à l'occasion être doux, si ce n'est bucolique. De la rue où se trouvait notre pension, nous avions face à nous le canal de Beagle qui baignait les rives montagneuses et boisées de la Terre de Feu, tandis que derrière nous se dressaient, majestueuses, et assez loin pour n'être pas menaçantes, les formidables murailles des Dientes de Navarino, vers lesquelles nous irions randonner plus tard. Tout en bas, une crique abritait quelques voiliers, où le vert vif des herbes hautes, associé aux rochers ronds et gris qui affleuraient, donnait à tout cela de faux airs de Bretagne.

C'est notamment autour de cette île Navarino que vivaient les Indiens Yaghans, que rencontra une première fois en 1829 le jeune (vingt-quatre ans) capitaine Fitz Roy du *HMS Beagle*, le navire qui donna son nom au canal; puis à nouveau trois ans plus tard, accompagné cette fois du tout aussi jeune (vingt-quatre ans également) Charles Darwin. Ce dernier dresserait d'ailleurs de ces Indiens un portrait assez peu complaisant: «Je n'aurais jamais cru qu'il pût exister une telle différence entre un homme sauvage et un homme civilisé. Elle est plus grande encore qu'entre animal sauvage et animal domestique. [...] Toutes leurs attitudes étaient abjectes, leurs expressions méfiantes et effrayées. [...] Leur langage ne mérite pas l'appellation d'"articulé". » Sans doute n'avait-il pas suffisamment fait son profit de Montaigne, qui avait écrit, trois siècles plus tôt, à propos d'autres Indiens : « J'ai vu autrefois parmi nous, des hommes amenés par mer de lointain pays, desquels parce que nous n'entendions aucunement le langage, et que leur façon au demeurant et leur contenance, et leurs vêtements, étaient complètement éloignés des nôtres, qui de nous ne les estimait ni sauvages ni brutes ? qui n'attribuait à stupidité et à bêtise, de les voir muets, ignorant la langue Française, ignorant nos baise-mains, et nos inclinations serpentines, notre port et notre maintien [...] ? » Peu après le jugement sommaire du jeune Darwin, ce langage qui ne méritait pas « l'appellation d'"articulé" » fascinerait pourtant par sa structure et son vocabulaire aux subtiles nuances le révérend Thomas Bridges qui tenait la mission anglicane d'Ushuaia, si bien qu'il établira son dictionnaire anglais-yaghan, riche de plus de trente mille mots.

Quelques décennies plus tard, en 1882, un navire accosta dans la baie Orange, sur la côte ouest de l'île Navarino. Il s'agissait de la goélette française *La Romanche*, commandée par le capitaine Martial pour le compte de la Mission scientifique du cap Horn, avec à son bord une équipe de cartographes, botanistes, ornithologues, géologues, météorologues, astronomes et médecins. Cent quarante membres d'équipage en tout, dont un tout jeune mousse du nom de Louis Sanguy – mon arrière-grand-père. Lors de cette expédition, à laquelle on doit la première étude sur les Yámanas, ou Yaghans, plus de trois cents photographies de ces Indiens furent prises par deux lieutenants, Edmond Joseph Augustin Payen et Jean-Louis Doze, constituant ainsi un témoignage unique, absolument saisissant, des hommes et des femmes qui peuplaient la région. « Les Fuégiens sont parmi les peuples dont la disparition totale de la surface de la terre n'est qu'une question de quelques années ; ils ne sont plus que trois cents ou quatre cents à l'heure qu'il est », écrivit le médecin Paul Hyades au retour de l'expédition.

Lorsque arriva la goélette, les Yaghans présents imaginèrent qu'il s'agissait d'une grande falaise qui avançait dans la mer. Une jeune enfant du nom de Carrupale kipa, qu'on appellerait ensuite Julia, assistait à la scène. Plus tard elle la racontera à ses petites-filles Úrsula et Cristina, qui elles-mêmes la rapportent ainsi.

Cristina : « Ils ne savaient pas que c'était un bateau. Ils disaient que c'était un rocher. Ils se cachaient sous des peaux [de phoque ou de loutre] et regardaient ainsi à moitié cachés. Les plus vieux seulement regardaient vers le haut. L'un d'entre eux disait : "Cela veut dire que le printemps est déjà arrivé, puisque ces oiseaux sont en train d'apporter des herbes pour faire leurs nids." Ils disaient que les officiers qui portaient des casquettes blanches étaient des cormorans de haute mer, de ceux qu'on appelle des lakuta. » Úrsula : « Ils croyaient que les chevaux étaient des chiens. [...] Les grands-parents regardaient et ils virent des chevaux et ils se mirent à chanter en disant que c'étaient des chiens anciens, des grands chiens. Ils chantaient ainsi en les regardant. » Cristina : « Ils [les Français] leur ont donné beaucoup de choses. Ils ont jeté en bas des sacs de farine, et des savons, des biscuits, des bonbons. Ils [les Yaghans] sont descendus à terre et s'interrogeaient : "À quoi ça sert tout ça ?" [...] Ils ont pris les biscuits et dirent que ça servait à faire du feu et les ont brûlés. Ils mirent à la bouche les confitures et les chocolats mais ils ne connaissaient pas le sucré. "Cela n'est pas bon à manger. C'est peut-être pour nous empoisonner." Ils [d'autres Yaghans] leur disaient de ne pas avoir peur, que ces gens ne tuaient personne. Ils voulaient plutôt les soigner, leur apprendre à manger et à se vêtir. Ainsi peu à peu ils apprenaient, mais la famille de la grand-mère Julia n'aimait pas ces gens, les Blancs. Jamais. Ils ont tout jeté à l'eau parce qu'ils n'aimaient pas tout cela[1]. »

---

1. Les propos d'Úrsula et Cristina Calderón proviennent du texte d'Anne Chapman, « Carrupale kipa parle », in *Cap Horn. Rencontre avec les Indiens Yaghans*, Éditions de la Martinière, 1995.

Úrsula Calderón est morte en 2003. Sa sœur Cristina, aujourd'hui (en 2020) âgée de quatre-vingt-douze ans, est la dernière Indienne Yaghan non métisse vivante, et la dernière à en parler la langue, qu'elle a partiellement transmise à une petite-fille et une nièce, et enseignée pendant quelques années dans la crèche de Villa Ukika, où elle vit. « Je suis la dernière locutrice yaghan, confiait-elle à un journaliste en 2017. D'autres le comprennent mais ne le parlent pas, ou n'en ont pas la même connaissance que moi. »

La petite colonie de Villa Ukika, qui jouxte Puerto Williams, est un ensemble d'habitations bordées par une rivière, où avaient été rassemblés, au début des années 60, les derniers descendants des Yaghans après qu'on les avait déménagés de leur précédent campement, Puerto Mejillones (Port aux Moules), situé à une soixantaine de kilomètres vers l'ouest – un site agréable, avec ses gazons vert vif qui avancent dans la mer, d'où l'on aperçoit Ushuaia tout au loin, et où ne subsiste plus rien sauf la cabane éventrée d'un certain Sarmiento, qui n'avait pas voulu l'abandonner, et un cimetière yaghan aux stèles illisibles, envahi de fleurs blanches.

Un matin nous sommes allés à Villa Ukika, et nous y avons rencontré, un peu par hasard, Cristina Calderón. Parmi les quelques maisons aux façades ocre, blanches ou rouges, aux toits rouges ou noirs, qui se répartissaient autour de deux allées de terre battue, s'en trouvait une où était indiqué « Artisanat ». Un homme coupait du bois devant l'entrée. Bûches bien rangées à l'avant, hautes bouteilles de gaz entreposées par deux à l'arrière : tel est le point commun de toutes les maisons de Puerto Williams. Nous lui demandons si c'est ouvert. Il pousse la porte, prévient qu'il y a des visiteurs et nous fait signe d'entrer. L'intérieur était des plus banals : un salon, une salle à manger, un buffet avec des bibelots, une télé allumée, un canapé où était assise une jeune fille qui nous adressa un sourire sans cesser de pianoter sur son téléphone, et une petite et ronde jeune femme avec son fils de trois ou quatre ans qui nous fixait de ses grands yeux noirs. Nous lui demandons où se trouve la boutique. Nous y étions. Elle ôte de la table de la salle à manger les objets qui l'encombraient, ouvre un placard, y saisit un panier dont elle vide le contenu sur la table. Il y avait là des boucles d'oreilles, des bracelets, de petits guanacos en laine, et de minuscules paniers purement décoratifs – lilliputiennes copies des *tawelas*, les paniers traditionnels qu'utilisaient les Yaghans pour la collecte des moules. Nous lui demandons si c'est elle qui fabrique tout ça. Elle dit que oui, sauf les petits paniers, qui sont l'œuvre de Cristina. Elle ajoute que sa grand-mère aussi en fabriquait. Nous n'avons pas très bien compris, la faisons répéter : « Cristina... Calderón ? – Oui. – C'est votre grand-mère ? – Non, c'était Úrsula ma grand-mère. Sa sœur.

– Cristina habite ici ? – Oui, dans la maison d'à côté. – Et… est-ce qu'elle est là en ce moment ? – Je crois bien, oui. – Pensez-vous qu'il serait possible de la voir ? – Pourquoi pas. »

Nous achetons boucles d'oreilles et paniers, puis elle nous accompagne sur le seuil. C'est là, nous dit-elle en désignant une maison blanche, juste à droite, dont la porte est ouverte. Nous hésitons, frappons doucement, passons la tête et faisons un pas en avant. Cristina Calderón est assise dans un fauteuil près de la fenêtre. Une jeune femme est à ses côtés, qui lui montre quelque chose sur un iMac. Nous apprendrons ensuite qu'il s'agissait d'une journaliste de Santiago qui recueillait auprès de Cristina quelques témoignages sur son enfance, sa famille, le passé de son peuple. Toutes deux lèvent la tête. La jeune femme nous demande ce que nous voulons. Nous ne le savons pas nous-mêmes. En réalité nous n'avons rien de particulier à dire, aucune requête à formuler : nous n'avions aucunement prévu cette rencontre. Nous voulions juste approcher et voir la vieille dame qui se tenait assise face à nous et qui était, à proprement parler, un trésor : elle avait été classée « trésor vivant » par l'Unesco en tant que dernière représentante de son peuple, et dernière locutrice de sa langue. Depuis des années elle s'attachait à transmettre la mémoire et les traditions yaghans, faisant notamment publier un livre de contes, un dictionnaire, divers ouvrages sur la mémoire de son peuple, qui disparaîtra avec elle lorsqu'elle mourra. Cette vieille dame assise devant nous sur un épais fauteuil orné d'un napperon était la dernière dépositaire d'une mémoire collective datant de plusieurs millénaires. Que pouvions-nous bien lui dire ? Nous savons qui vous êtes, nous sommes émus et honorés de vous rencontrer, nous vous saluons… Je crois que c'est ce que j'ai, plus ou moins, bafouillé. Ensuite de quoi nous nous sommes légèrement inclinés, elle nous a adressé un petit sourire, et nous sommes partis.

Lorsque, une fois rentré en France, je repenserai à cette visite inattendue, je regretterai un peu de ne pas avoir eu la présence d'esprit de dire à Cristina Calderón que, cent quarante ans plus tôt, un tout jeune mousse nommé Louis Sanguy, mon arrière-grand-père, avait peut-être échangé un regard, ou un signe, avec une fillette nommée Carrupale kipa – sa grand-mère. Mais il n'est pas du tout certain que cette information l'eût émue comme m'émouvait, moi, cette fragile passerelle générationnelle bâtie sur quatre regards, dont deux resteraient à jamais hypothétiques.

Les liaisons dangereuses

Il est difficile, voire impossible, on s'en est rendu compte dans les pages qui précèdent, de parler de Patagonie sans évoquer la figure de Jean Raspail. Royaliste, catholique traditionnel se définissant lui-même comme « ultra-réactionnaire », mais surtout aventurier, l'homme, disparu pendant la rédaction de ce livre, jouit d'une réputation controversée depuis la parution en 1973 de son roman *Le Camp des Saints*, qui met en scène l'invasion de l'Europe par des hordes migratoires venues d'Inde. Une partie de l'extrême droite française considéra (et considère encore) ce roman comme visionnaire, et les thèses de Renaud Camus, si elles n'y font pas directement référence, y renvoient peut-être un peu. Il reste que Raspail, qui par ailleurs s'est toujours défendu d'être d'extrême droite, fut surtout explorateur, et passa une partie de sa vie à parcourir la Patagonie, ainsi que le Japon, la Corée, l'Alaska ou le Pérou, à la recherche des peuplades originelles malmenées, ou décimées, par la civilisation occidentale ; et que la seule chose, en réalité, qui transparaît dans les livres qu'il a consacrés à ces peuples, c'est la compassion qu'il éprouve envers eux, par exemple dans le beau roman *Qui se souvient des hommes…*, qui relate la lente disparition des Indiens Kawésqars à partir de l'arrivée des premiers Européens, ou dans son passionnant livre de souvenirs intitulé *Adiós, Tierra del Fuego*. Au moment de sa mort, la presse n'a généralement retenu que l'aspect le plus polémique de son œuvre, c'est-à-dire le plus susceptible de faire vendre : il était avant tout et presque exclusivement « l'oracle des ultras » et « le prophète du grand remplacement ». Il aurait pourtant suffi de lire quelques-uns de ses livres – mais l'a-t-on lu ? – pour se dire que s'il rejetait toute idée de métissage, c'était peut-être parce qu'il avait constaté les dégâts causés par les Européens sur les populations aujourd'hui disparues dont il avait côtoyé les derniers représentants, et que son point de vue monarchiste, catholique et réactionnaire était, très consciemment, celui du dernier des Mohicans, ou plutôt du dernier des Kawésqars : un combat, perdu d'avance, de général des armées mortes.

La Patagonie a abondamment nourri les livres de Raspail, aussi bien que sa vie, au point qu'il s'est autoproclamé « consul général de Patagonie », s'inscrivant ainsi dans la lignée de cet Antoine de Tounens auquel il avait consacré un roman, et dont l'héritage perdure à travers le toujours actuel, quoique virtuel, « royaume d'Araucanie et de Patagonie ». Comme tous les royaumes, celui-ci dispose d'un souverain (plusieurs, en fait), de prétendants au trône, de chefs de maison, de consuls donc, et se trouve être dispensateur d'ordres divers (« de la Constellation du Sud », « de la Couronne d'Acier », etc.). Et, comme de nombreux royaumes, il est soumis à des querelles dynastiques – que j'avoue ne pas avoir étudiées de très près, si bien que je ne saurais dire qui, du « prince Stanislas Ier », élu par les membres de l'« Association historique du Souvenir franco-araucanien », de Frédéric Ier, dit aussi « prince Frédéric d'Araucanie et de Patagonie », ancien proche du comte de Paris, ou de François de La Garde, qui quant à lui signe ses courriers du nom de « Philippe Orllie d'Araucanie et de Patagonie », est le souverain légitime de ce royaume d'opérette. La chose m'importe assez peu à vrai dire, mais ce que l'on peut constater en tout cas, c'est l'étrange et persistante promiscuité entre un certain imaginaire lié à la Patagonie et la droite extrême, voire l'extrême droite. Depuis la parution de son roman *Le Camp des Saints*, celle-ci admire Jean Raspail, si bien que c'est souvent sur des sites ou blogs qui lui sont liés qu'on trouve mention de ses livres et de l'actualité « royale » patagonne, à laquelle ils sont associés.

Ce qui est dommage car, répétons-le, il mérite d'être lu bien au-delà de cette sphère-là (il l'a d'ailleurs été), au moins pour les deux autres livres mentionnés plus haut – qui sont tout simplement de bons livres, sans discutable arrière-fond idéologique. Pour ce qui concerne les souverains, le jeune (vingt-cinq ans) Stanislas Ier fut élu, disent ses détracteurs, « par une faction qui ne représente en rien l'Araucanie et qui était composée d'une clique de jeunes garçons, membres du GUD et proches de mouvements identitaires ». On l'a vu aux côtés de Robert Steuckers, promoteur du mouvement Nouvelle Droite, de Laurent James, membre de Dissidence française, ou encore de Marion Maréchal-Le Pen – ou Maréchal tout court, je ne sais. Mais aussi aux côtés de Jean-Luc Mélenchon, dont il dit partager la fascination pour le Vénézuélien Hugo Chávez. Frédéric Ier a quant à lui croisé dans sa jeunesse de nombreux membres de l'Action française, mais préfère se dire aujourd'hui proche de la Nouvelle Action royaliste de Bertrand Renouvin, ce qui lui permet de se présenter comme un « monarchiste de gauche ».

« Monarchiste », peut-être pas, mais « fasciste de gauche », voilà une étiquette à laquelle aurait peut-être pu prétendre Marc Augier, un écrivain et aventurier très lié lui aussi à la Patagonie, ayant débuté sa carrière à gauche et l'ayant terminée à la droite de la droite de la droite.

En 1953, le jury Goncourt s'apprête à décerner son prix à un roman intitulé *La nuit commence au cap Horn*, signé du pseudonyme de Saint-Loup. Celui-ci n'est pas totalement un inconnu : quelques années plus tôt il avait publié un roman montagnard, *Face Nord*, qui avait rencontré un assez joli succès, à la suite de quoi il avait disparu des radars. Colette, qui a beaucoup aimé le livre, téléphone au directeur littéraire des éditions Plon, qui l'ont publié, pour lui dire que c'est gagné. Mais *Le Figaro littéraire* révèle alors que le nommé Saint-Loup n'est autre que Marc Augier – qui, lui, est bien connu. Aventurier, sportif cultivant le goût de l'extrême, c'est un ancien aviateur, skieur, montagnard, explorateur et motocycliste. Il a participé à des guerres en Ukraine, traversé le Maroc à moto et la Laponie à ski. Ses valeurs sont l'effort, le dépassement de soi, la fraternité virile, la force de la jeunesse. Sous le Front populaire il a été, avec Léo Lagrange, un des fondateurs du mouvement des Auberges de jeunesse, dont il fut ensuite un des animateurs. Juste avant la guerre, séduit par le national-socialisme à la suite de la lecture de *La Gerbe des forces*, d'Alphonse de Châteaubriant, il adhère (comme quelques autres issus de la gauche) au Parti populaire français de Jacques Doriot. Pendant l'Occupation il est rédacteur en chef de *La Gerbe* de Châteaubriant, et va combattre sur le front de l'Est dans les rangs de la LVF (« Légion des volontaires français contre le bolchevisme»). Blessé en 1943 il est rapatrié, et devient rédacteur en chef du *Combattant européen*, la revue de la LVF. Il adhère aussi à la Waffen-SS française, rien que ça, et retourne en Allemagne en 1944 en tant que correspondant de presse. À la fin de la guerre, il entre dans la clandestinité et publie, sous le pseudonyme de Saint-Loup, son roman montagnard, *Face Nord*, qui exalte la jeunesse, la force, le courage, la camaraderie et le dépassement de soi – toutes valeurs célébrées à l'époque dont il est question dans le roman, les années 30, aussi bien du côté des Jeunesses hitlériennes que des komsomols staliniens, en passant par les auberges de jeunesse socialistes. Le roman remporte un certain succès, ce qui permet à son auteur de fuir en Argentine, où il devient instructeur des unités de montagne de l'armée de Perón, avec le grade de colonel – donnant même, dit-on, des leçons de ski à Evita. Il met à profit ces quelques années pour visiter la Patagonie, où il s'intéresse de près au sort de ces Indiens dont le contact avec les Occidentaux a programmé la disparition. En avril 1948, il est condamné à mort par contumace. Il part en Italie où il écrit, pendant l'hiver 1950-1951 à Courmayeur, *La nuit commence au cap Horn*. Qui recueille, donc, les voix des jurés Goncourt, avant que *Le Figaro* ne révèle qui était réellement ce Saint-Loup. Un policier s'en va recopier le dossier au tribunal militaire et le communique à Roland Dorgelès, président du jury : les jurés retirent leur vote, sauf Colette qui le maintient jusqu'au bout, et le prix Goncourt est attribué à Pierre Gascar pour *Le Temps des morts*. Cette même année 1953, une amnistie générale étant décrétée, Augier rentre en France et se constitue prisonnier. Un procès a lieu, il est condamné à deux ans de prison, avec amnistie immédiate.

La nuit commence au cap Horn sera republiée en 1965, puis à nouveau récemment, aux éditions Transboréal. Lors de sa deuxième publication, un article d'*Europe-Action* (magazine d'extrême droite, comme son titre peut le laisser supposer) affirme que « ce roman est le plus grand réquisitoire contre le colonialisme ». Il met en scène un personnage de missionnaire soucieux d'évangéliser les Indiens Yámanas et Kawésqars, le pasteur Stirling, qui a réellement existé (il fut notamment le père spirituel du futur pasteur Thomas Bridges, qui fonda la mission anglicane d'Ushuaia), mais que l'auteur appelle John et non Waite, son véritable prénom. Nous avons d'ailleurs vu sa maison qui, originellement située à Ushuaia, puis déplacée sur l'île Hoste, et enfin sur l'île Navarino, se trouve à présent sur le site du musée Gusinde, à Puerto Williams, en face d'un squelette fossilisé de baleine. D'autres personnages réels apparaissent, dont le nom ou le destin parfois sont à peine modifiés : McLennan n'est pas nommé, juste par son surnom, « Chancho colorado » – « Cochon rouge », que l'auteur traduit par « Cochon rose ». Il le fait assassiner (probable vengeance du romancier envers un personnage détesté) par un Indien Selk'nam en 1917, ce qui est pure invention. Le grand propriétaire José Menéndez apparaît lui sous le nom de Brunswick-Mendez et meurt d'une crise cardiaque à la fin du siècle en Terre de Feu, alors que le véritable Menéndez est mort en 1918 à Buenos Aires. Le roman met en scène l'acculturation et la disparition de ces Indiens nomades de la mer sous l'effet conjoint des missionnaires et des maladies – et il évoque aussi la disparition des Selk'nam de Terre de Feu sous l'effet des massacres perpétrés par les éleveurs. On pourrait presque y trouver quelques proximités avec *Les Immémoriaux*, de Segalen. Même si cela gêne un peu aux entournures, il faut reconnaître que l'article de la revue fascisante *Europe-Action* voit assez juste lorsqu'il affirme que « ce roman est le plus grand réquisitoire contre le colonialisme ».

Ensuite Saint-Loup publiera quelques autres livres, plus confidentiels. Dans les années 60, il écrit deux romans, *Les Volontaires* (1963) et *Les Hérétiques* (1965), dans lesquels il tente de justifier son engagement contre les bolcheviks sur le front de l'Est avec des ressortissants d'une vingtaine de nations, mettant en scène « un personnage nietzschéen, Le Fauconnier, qui incarne le moine-soldat au service d'un nouvel ordre européen », écrit Jacques Marlaud, autre personnage lié à l'ultra-droite, dans *Le Renouveau européen dans la pensée française* (Le Labyrinthe, 1986). Il meurt en 1990 après avoir écrit un dernier roman, *La République du Mont-Blanc*, qui décrit la survie d'une communauté de montagnards fuyant le « métissage » et la « décadence ».

Il est assez commun de constater que l'imaginaire lié à la montagne, aux cimes inaccessibles, à l'effort et au dépassement de soi, sur quoi vient se greffer le si rebattu et si déformé mythe du surhomme, a souvent été associé aux valeurs dont se réclamaient les mouvements fascistes, ou fascisants. Le goût de l'effort, la volonté, la fraternité virile, l'exigence physique et morale sont des valeurs dont droite et extrême droite se sont souvent emparées jusqu'à en faire une discipline de vie, la gauche incarnant à leurs yeux la dépravation, le relâchement, la facilité – le « laxisme », on l'aura assez entendu. La montagne, l'alpinisme, la fascination pour les hauteurs peuvent donc aisément venir résonner avec tout cela – même si cela me gêne un peu, étant donné que j'ai moi-même le goût de la haute montagne, des cimes, des crêtes, de la solitude au sein de l'immensité et, pourquoi pas, celui de l'effort et du dépassement de soi. Cela ne signifie évidemment pas que tous les grimpeurs, ni tous les écrivains de la montagne, sont d'extrême droite. Augier, cependant, l'était clairement, bien qu'il eût débuté sous le Front populaire au cabinet de Léo Lagrange. Mais ce qui est frappant, c'est qu'en France tout au moins, l'imaginaire patagon (et non le simple et commun attrait pour la région, bien entendu), qui associe souvent, à une forme de nostalgie néopaïenne, des fantasmes de pureté originelle, de dangers du métissage, de royautés perdues, ainsi que l'idée de dissolution de la présence humaine dans des paysages à la fois sublimes et hostiles, semble, quant à lui, presque *toujours* lié à l'extrême droite – et ce jusque dans les plus infimes détails : Jean Raspail par exemple, dans son livre *Adiós, Tierra del Fuego*, parle d'un matelot de la goélette *La Romanche*, qui avait mouillé dans la baie Orange, à l'ouest de l'île

Navarino, en 1882 – un nommé Charles Bouché, cuisinier, qui à ses moments perdus écrivait des poèmes naïfs, touchants et maladroits. Il indique que certains d'entre eux ont été publiés dans une feuille de chou intitulée *Le Moniteur de Port-Tounens*, qui rassemble des numéros du *Bulletin de liaison des amitiés patagones*. Si l'on va sur un site qui en fait mention, « Délit d'images » (dont on se rend compte, à le survoler, qu'il est assez clairement d'extrême droite – il relaie notamment, presque sans surprise pourrait-on dire, nombre de sites complotistes), on trouve, après un laïus dans lequel Raspail est lui-même cité à propos de la « Société patagone » (et ce qu'il dit est d'ailleurs assez juste : « On aurait tort, chacun s'en doute, de prendre le "jeu patagon" fondamentalement au sérieux, et cependant il permet à chacun de s'exprimer, de libérer, entre rêve et réalité, des sentiments, des convictions, devenus tricards par les temps que nous vivons »), on trouve donc, entre autres, une publicité pour les *Mémoires* de Jean-Marie Le Pen. Et on remarque par ailleurs qu'il est aussi fait mention de ce même *Bulletin de liaison des amitiés patagones* sur le site du journal *Présent*. Aucune autre mention par ailleurs. On peut voir là, sans jeu de mots, comme un faisceau de signes concordants, qui tous pointent dans la même direction.

C'est dommage pour la Patagonie en général, c'est dommage pour la mémoire des Indiens, pour celle d'Antoine de Tounens, roi déchu d'un royaume inexistant, et c'est dommage aussi pour Charles Bouché, le cuisinier-poète de *La Romanche* qui, dans une lettre assez touchante adressée à sa mère, livrait en 1882 cette description sur le vif des Yaghans, citée par Jean Raspail :

Cher Mère,

Je técrit ses quelques lignes pour te faire savoir l'état de ma santé qui a été très bonne pendant la traversés [...] Je te prie de croire que l'on sannuis dans ce pey car l'on y trouve rien que des moulle et encore qui sont amaires et les Fuégiens ne se nourice que de ce la. Pour faire la peche ils sont 7 ou 8 dans une pirogue qui nat pas plus de 2 metres de longs sur 50 ou 60 cent. de larges. Les hommes ne font rien et les femmes sont aubliger de plonger pour avoir des coquillages. Ils sont tout nue car ils nons qu'une pau qui leur couvre une épaule du coté que vient le vent et avec cela il brave le vent comme la neige qui tombe toujours car il fait très frois. Ils sont toujours accroupies et dans leurs pirogues ils ont toujours un grand feu ils ne se leve que pour aller chercher de leau. Je te donnerai de plus enple détail quand je serait de retoure. Je te dirai que je écrit de la poesie en mamusant ce né pas du Hugo mais je les écrit telle que samevien [...]

Et qui, donc, écrivait des poèmes naïfs, « tels qu'ils lui venaient », sur le quotidien de l'expédition :

[…]
La Romanche encadrée
D'un ovale de verdure
Des arbre centenaire
Domine sa mature
Et ses haute montagne
Se trouve souvent cachée
Par de sombre nuage
Que le vent a dispersée.

Baie Cook, 15 novembre 1882

Au bout du « dernier espoir »

En Argentine, au Chili, de nombreux petits sanctuaires bordent les routes – simples cubes de verre posés sur deux parpaings et surmontés d'une croix, ou minuscules cénotaphes davantage élaborés, souvent agrémentés d'un parterre de fleurs artificielles aux couleurs plus ou moins passées, les uns comme les autres abritant une Vierge en manteau bleu, un ou deux angelots de plâtre, quelques roses en plastique, une bougie, la photo d'un disparu, parfois sans inscription d'aucune sorte, d'autres fois portant une petite plaque vissée témoignant de la pensée émue de leurs familles, amis, connaissances, employeurs ou autres : « *A la memoria de Loreto Pilar Cárdenas Gallardo, Q.E.P.D.* (*que en paz descanse* – qu'elle repose en paix), *23-03-1993 22-06-2011, Recuerdo de padres, hermana, pololo* (copain), *flia* (famille), *y gerencia Buses Pacheco* », et l'on se dit alors qu'il s'agit sans doute d'accidents de la route, tout en se demandant comment ils peuvent être si nombreux sur ces interminables lignes droites totalement vierges de virages ou de dangers potentiels, pas même d'éventuelles et soudaines traversées d'animaux rendues impossibles par les rangées de barbelés qui courent vers l'horizon. D'autres fois ce sont des sanctuaires dressés à la mémoire de figures mythiques qui font l'objet d'une vénération populaire, comme la « Difunta Correa », dont il est difficile de rater le sanctuaire lorsqu'on approche de Puerto Natales, et dont le culte, s'étendant jusqu'à l'Uruguay, outrepasse donc les frontières argentines et chiliennes ; ou le « Gauchito Gil », quant à lui sagement cantonné en Argentine, mais de l'extrême nord à l'extrême sud, ce qui représente tout de même quelques milliers de kilomètres. En nous rendant à Río Gallegos voici quelques jours, nous nous étions arrêtés au bord d'une de ces routes qui n'en finissent pas, bordée d'une déclivité grisâtre au-delà de laquelle s'étendait vers l'horizon une plaine rocailleuse, uniforme et sèche, et sur laquelle un ensemble coloré attirait notre attention. Nous avions grimpé le modeste talus pour aller voir de plus près ce qui s'était révélé être un de ces sanctuaires, constitué d'une sorte de niche en tôle ondulée abritant des bouteilles de bière vides avec, à côté, le portrait peint du Gauchito Gil, cheveux longs et moustache fournie, clairement christique, quasiment hippie, un faux air du George Harrison des années 70, portant foulard, bandeau et ceinturon rouges, dessiné devant une croix et tenant à la main des *bolas* ou *boleadoras*, le lasso à boules traditionnel – ensemble devant quoi flottaient les bandes de tissu rouges qui avaient attiré notre regard, comme des chevaux-du-vent tibétains et monochromes égarés là. On ne sait pas très bien, de fait, qui était ce Gaucho Gil, de son vrai nom Antonio Mamertio Gil Núñez : un travailleur rural dont s'était éprise la veuve d'un grand propriétaire, ou un voleur de bétail, sorte de Robin des Bois argentin dérobant aux riches pour donner aux pauvres, les deux en tout cas s'étant engagés dans la « guerre de la Triple Alliance » qui avait opposé, dans les années 1870, le Brésil, l'Argentine et l'Uruguay (la triple alliance en question) au seul Paraguay, et dont on dit que Gaucho Gil l'aurait désertée ensuite, puis aurait été capturé, exécuté, et avant son exécution aurait réalisé un miracle, enjoignant son bourreau de prier pour lui afin que son fils malade recouvrât la santé – ce que fit le bourreau, et le fils survécut, au contraire du Gauchito. C'est dans la région d'où il était originaire, dans le nord du pays, du côté de Corrientes, que son culte est le plus vivace, et son sanctuaire le plus fourni et le plus visité, mais partout en Argentine on peut voir ces petits monuments de bord de route dressés à sa mémoire, entourés de voiles et drapeaux rouges flottant au vent, où s'arrêtent les voyageurs pour rendre grâce au Gauchito faiseur de miracles, et laisser près de son portrait des bouteilles de bière ou de vin vides en signe de fraternité.

Ce sont d'autres bouteilles, mais d'eau, qui ornent, ou plutôt envahissent, le mot n'est pas trop fort, les sanctuaires dressés en l'honneur de l'autre figure à moitié légendaire : la Difunta Correa. Et là encore, c'est une histoire de guerres et de mort douloureuse. Deolinda Correa avait, avec son nourrisson, suivi son époux militaire dans le désert de San Juan, dans le nord-est du pays, pendant l'une des multiples guerres civiles argentines du milieu du XIXe siècle. Mais elle perdit la trace de son mari, erra dans le désert et mourut de soif et d'épuisement. On retrouva son corps assez tôt pour sauver le bébé, qui avait survécu en tétant le sein de sa mère. Très vite on parla de miracle, puis on lui en attribua d'autres, et le culte se répandit. Des muletiers, des paysans, plus tard des camionneurs, témoignèrent de prodiges survenus après qu'ils se furent recueillis sur sa tombe, située dans la province de San Juan, ou devant un des multiples sanctuaires dressés à sa mémoire, qui fleurissaient un peu partout dans le pays, et par-delà les frontières. Aujourd'hui on peut voir, dans la descente vers Puerto Natales, comme sur une multitude d'autres bords de routes argentines, chiliennes et uruguayennes, un

de ces sanctuaires qui, il faut le dire, ressemblent plutôt à de grands dépotoirs, du fait qu'on y dépose tout autour, débordant parfois jusque sur la route, des centaines ou milliers de bouteilles d'eau vides supposées apaiser la soif de la Difunta, et qui dessinent comme des congères de plastique menant à la petite chapelle (Vierge, fleurs artificielles, angelots) à côté de laquelle gît la statue de la jeune femme en robe rouge et bustier jaune – du moins pour la Correa de Puerto Natales –, allongée les yeux clos, et dont le sein abreuve sans discontinuer son bébé à jamais emmailloté dans un tissu rouge.

C'est étrange comme, sur le moment, nos émotions peuvent être estompées ou ankylosées par des tâches très prosaïques telles que conduire une voiture, faire attention à la signalisation et repérer la rue où se niche l'hôtel… Lorsque nous sommes entrés dans Puerto Natales, le charme du site n'a pas agi sur moi. C'est venu plus tard, quand, libre de tout volant et de toutes pédales, j'ai marché les mains dans les poches, le cerveau au repos. Alors j'ai *vu* le cadre grandiose dans lequel est lovée la cité portuaire : en bout de fjord avec, à l'arrière-plan, des montagnes blanches jusqu'aux chevilles. Déployez une carte du Chili et regardez tout en bas : Puerto Natales s'embusque à une extrémité du fjord Última Esperanza (Dernier Espoir), après un lacis d'îles et de chenaux. Última Esperanza, dernier repli magellanique où le Pacifique réussit à s'infiltrer… Cela donne un paysage ample comme on en voit dans le sud de l'Islande ou dans les Alpes scandinaves, du côté du grand glacier Svartisen. Des cormorans juchés sur les chicots d'un appontement sèchent leur plumage au soleil, un cargo vert patiente près d'une grue jaune canari, le fjord moutonne sous le vent et derrière tout ça, dans une lumière cristalline, des glaciers s'aventurent le plus bas possible, au loin, c'est-à-dire près du parc national des Torres del Paine, notre prochaine destination.

Le long de la promenade du bord de mer, un homme et une femme s'élancent dans les airs et la statue élégante de ces inconnus apporte un contrepoint de légèreté au monument au mylodon – un énorme paresseux préhistorique dont les restes ont été exhumés dans les parages – qui vous accueille à l'entrée de la ville, sur les pattes arrière. Nous voici à deux cents kilomètres au nord-nord-ouest de Punta Arenas, à deux mille autres kilomètres au sud de la capitale. Dans le port, ce 22 janvier, barbote un ferry de la compagnie Navimag, en attente de remonter vers Puerto Montt, bien plus au nord : compter près de trois jours de voyage. Puerto Natales n'atteint pas les vingt mille habitants mais, avec ses constructions basses et ses rues larges, ses places superflues et ses quais sans fin, la ville est très étendue. Rien à voir avec Puerto Williams et l'île Navarino, ou le canal de Beagle. Ici, on est de retour dans la zone habitée du monde…

L'hôtel Cordillera Azul nous accueille dans une rue en pente douce. Derrière le comptoir, un petit homme binoclard à moustaches, avare de ses paroles, rappelle certaines photos de l'écrivain portugais Fernando Pessoa – un Pessoa fringué en employé de bureau avec chemise au col jauni. Tout est désuet et étriqué dans cet *hostal*, et pas seulement son gérant. Ainsi, la chambre, mal éclairée, dont les lits à roulettes se déplacent au moindre mouvement et où les prises électriques sont si rares qu'il faut choisir : ou consulter son ordinateur, ou brancher la lampe de chevet. Le petit déjeuner sera à l'avenant : chétif, sans ambition.

En début de soirée, à je ne sais quel carrefour, des manifestants bloquent la circulation clairsemée et compensent la faiblesse de leurs effectifs par une débauche de décibels. Fumée de pétards, mais pas d'incidents. Dans le centre de Punta Arenas, notamment autour de la place d'Armes, nous avions été surpris de trouver quantité de commerces barricadés, comme sur les Champs-Élysées à la période des « gilets jaunes ». Des planches, de grands panneaux de tôle empêchaient de jeter un œil à l'intérieur. Pourquoi donc tant de magasins ou succursales bancaires fermés, en travaux ? Il n'en était rien : en longeant la palissade, on trouvait toujours une ouverture qui menait à l'intérieur.

Les manifestations et leur cortège de violences ont commencé trois mois avant notre arrivée, en octobre 2019, après l'augmentation des tarifs de certains transports publics, dont le métro de Santiago. Ces hausses relativement modestes sont devenues le catalyseur de la colère contre les inégalités sociales dans ce pays que préside un milliardaire, Sebastián Piñera. Après les quartiers pauvres, les manifestations se sont étendues à des secteurs plus aisés de la capitale puis ont fait tache d'huile à travers le Chili. Au total, plusieurs dizaines de personnes ont été tuées, des milliers blessées, des banques et des magasins ont été pillés avant que le pouvoir ne lâche du lest – sur certains points et non sur d'autres, si bien que le mouvement de contestation a continué, à feu doux, jusqu'à ce 22 janvier dans Puerto Natales enfumé où tout a l'air de se dérouler dans une ambiance bon enfant : les banques ne sont pas sous sarcophage et les policiers restent discrets. Cette petite ville ouvrière passe pourtant pour être un berceau de l'anarchisme et l'on dit que les habitants de Punta Arenas tiennent ceux de Puerto Natales pour des rebelles, des individus peu sérieux. À l'inverse, à Puerto Natales, on a tendance à regarder les gens de Punta Arenas comme des bourgeois préoccupés avant tout par l'argent… Le Musée historique de Puerto Natales perpétue le souvenir des grèves sanglantes de 1923 dans une usine de conditionnement et d'exportation de la viande, le *Frigorífico* de Puerto Bories, qui avaient dégénéré en affrontements avec les forces de l'ordre. À l'écart de la ville, l'usine a fermé ses portes avant d'être classée monument et d'être reconvertie, récemment, en hôtel de luxe avec piscine et spa et puis de larges baies qui ouvrent sur le fjord « Dernier Espoir »…

Comme souvent, il est difficile de dire à quoi tient le charme discret d'un endroit. Celui qui opère dans les rues de Puerto Natales est particulièrement indéchiffrable. Tient-il aux averses soudaines et drues qui s'abattent parfois et lavent les rues à grandes eaux, et à la lumière limpide qui les suit ? Ou bien aux maisons basses et colorées, ou encore aux vieilles autos américaines qui finissent leur vie sur des bas-côtés herbus ? Aux bancs disséminés le long de la promenade de bord de mer, sur lesquels personne n'ose s'asseoir tant le vent s'acharne ? Ou plutôt, tout simplement, au restaurant Asador Patagónico, qui ferait aimer l'agneau à la broche au vegan le plus rigide ?

Puerto Natales est une ville jeune. Un bon siècle d'existence, puisqu'elle a été fondée, officiellement, en 1911. Au Musée historique, sur les photos noir et blanc des tout débuts, des maisons en bois, rarement à étage, blotties les unes contre les autres (il en reste quelques exemplaires, ici ou là dans la ville de 2020) ; des champs de neige, quelques guimbardes des premiers temps, dont on se demande sur quelles routes elles pouvaient bien rouler, à l'époque. Ce sont des colons étrangers qui d'abord ont peuplé les lieux, suivis des Chiliens. Tous étaient attirés par l'élevage des ovins, dont la laine et la viande firent la richesse de la région avant que ce secteur ne périclite au fil des décennies.

De Puerto Natales, remontant vers le nord, nous gagnons le lendemain le parc national des

Torres del Paine, avec ses sommets sculptés par un génie, ses guanacos fiérots et ses nandous de Darwin – les petites autruches de la région – dont les périscopes inspectent attentivement la steppe. Nous nous y rendons dans les pas de la Britannique Florence Dixie, féministe, correspondante de guerre et surtout voyageuse, qui visita la région aux alentours de 1879 et en revint avec un récit, *Across Patagonia*, et puis, en guise de souvenir vivant, avec un bébé puma qui, une fois adulte, décima les hardes de cerfs du parc de Windsor. On dit qu'avec ses compagnons d'équipée, elle fut la première touriste à visiter les Torres del Paine. Un hôtel porte aujourd'hui le nom de Lady Florence Dixie à Puerto Natales, dont les maisons colorées s'éloignent dans notre rétroviseur.

Le rire des guanacos

Terre d'aventuriers, d'illuminés, d'entrepreneurs avides de profits, d'individus désireux de se faire oublier ou encore de monarques en manque de royaumes, la Patagonie est aussi, du fait même de son éloignement, de la rigueur de son climat et de sa faible densité démographique, le lieu de tous les exils, volontaires ou non. Dans son film *El Club*, Pablo Larraín raconte l'histoire, authentique, de quatre prêtres catholiques relégués par leur hiérarchie dans un petit port du sud du Chili afin qu'on les oublie après des histoires de pédophilie auxquelles ils ont été mêlés à Santiago. Plus au sud, quelques décennies après avoir été utilisée comme camp de concentration pour les Selk'nam qui avaient survécu aux massacres et que les éleveurs avaient remis aux responsables de l'église salésienne afin qu'ils les convertissent à la Vraie Foi (et surtout que les Selk'nam abandonnent définitivement la Terre de Feu que les éleveurs leur avaient confisquée), l'île Dawson, que nous avons longée en nous rendant de Punta Arenas à Puerto Williams, a servi de camp de détention pour des centaines de prisonniers politiques que le gouvernement de Pinochet avait condamnés aux travaux forcés. Certains d'entre eux apparaissent dans le film de Patricio Guzmán, *Le Bouton de nacre*. Un autre film, *Dawson, isla 10*, de Miguel Littín, adapté d'un livre de Sergio Bitar, un ancien ministre de Salvador Allende, retrace la propre histoire de Bitar et celle d'autres ex-ministres et diplomates envoyés dans un camp de concentration de l'île, puis dans un deuxième, joliment baptisé Río Chico (« petite rivière »), construit pour absorber l'afflux grandissant de prisonniers. Entre les génocides indiens du XIXe, les massacres ouvriers du début du XXe, les exils et répressions de toute sorte, l'histoire de la Patagonie est souvent sombre et tragique. On s'y cache, on y est caché, on s'y exile, on y est exilé, on y fuit – on se fait oublier.

J'ignorais tout cela lorsque j'étais enfant. C'est normal, j'étais enfant. La répression au Chili après le coup d'État de Pinochet ne m'avait pourtant pas échappé : j'avais treize ans passés, on en parlait beaucoup à la télévision, et de plus, comme j'étudiais l'espagnol en deuxième langue, j'avais une correspondante chilienne, María Elisa Teillier Teillier (double nom qui m'intriguait beaucoup), dont je me rappelle la photo d'identité qu'elle m'avait envoyée – une fille de mon âge, aux longs cheveux noirs et lisses, à l'indienne, qui entouraient un visage un peu ingrat, qui ne souriait pas. Après le coup d'État du 11 septembre, l'épisode du Stade national de Santiago utilisé comme camp de prisonniers, et l'assassinat du chanteur et guitariste Víctor Jara à qui on avait coupé les doigts à la hache, épisode qui m'avait fortement marqué, j'avais écrit à María Elisa pour lui demander si tout allait bien pour elle et sa famille. Mais je n'avais jamais eu de réponse, et notre correspondance s'était arrêtée là. La Patagonie, quant à elle, n'entrait pas en ligne de compte dans les premiers soubresauts politiques de ma conscience d'enfant. Je savais qu'il s'agissait d'une région du sud de l'Argentine et du Chili, mais je la dissociais des événements de Santiago. Elle n'appartenait pas à la même réalité. Pour moi, il s'agissait certes d'un bout du monde, comme l'Alaska ou le Kamtchatka, mais le seul imaginaire que j'y associais était lié au monde animalier. La Patagonie, avant tout, c'étaient les lacs, les montagnes – et les pumas.

Il faut dire qu'à cette époque, au tout début des années 70, je voulais être photographe animalier. Je crois que c'est l'émission de Christian Zuber, *Caméra au poing*, diffusée sur la deuxième chaîne de l'ORTF (je vous parle d'un temps que les moins de cinquante ans, etc.), qui avait décidé de ma vocation. Quelques années plus tôt j'avais déjà été le spectateur assidu d'une autre émission documentaire, *Les Animaux du monde*, de François de La Grange, dont j'ai toujours chez moi le livre datant de ces années-là, mais celle de Zuber était différente : il se mettait lui-même en scène, aventurier défenseur des animaux, écologiste avant l'heure, ancêtre de Nicolas Hulot si on veut, le spectaculaire en moins. Et je me souviens notamment qu'à la suite d'une de ces émissions j'avais décidé que j'irais un jour, plus tard, camper aux bords d'un lac de Patagonie pour y attendre l'arrivée de pumas que je ne manquerais pas de photographier. Sans doute Zuber l'avait-il fait lui-même, se filmant en train d'installer tente et matériel dans des paysages grandioses et déserts, aux bords d'un lac turquoise où se reflétaient de hauts pics enneigés, attendant jour après jour l'arrivée de ces félins dont on sait qu'ils sont très discrets et qu'il n'est, de ce fait, pas très aisé d'en observer. Et je crois bien que, davantage encore que la beauté du paysage, c'était cette attente qui me fascinait le plus. Rester des jours, des semaines, à camper aux bords d'un lac, à guetter le moment où, enfin, une silhouette se dessinerait sur une crête – et alors l'excitation, le cœur qui bat plus vite, la saisie frénétique de l'appareil photo, la mise au point en essayant de ne pas trembler : voilà ce dont j'avais envie, ce dont je rêvais. La patience, et la récompense. Sur le mur de ma chambre, j'avais épinglé un grand planisphère sur lequel j'avais noté au stylo les endroits où je voudrais aller plus tard, une fois adulte : les États-Unis (traversée d'est en ouest, c'est assez commun, point de départ New York, terminus Disneyland) ; Chandernagor et Pondichéry, dont les noms m'attiraient ; Pékin et toute la Chine, peut-êre pour suivre les traces de mon bisaïeul ; les îles de Florès et Timor (je ne sais plus pourquoi celles-ci précisément) ; les forêts du Congo, pour y voir des gorilles ; le Kenya, pour la savane, les lions, les éléphants, les girafes et autres chimpanzés ; Vladivostok, sans doute pour le nom, ou alors quelque lecture que j'avais faite ; la Sibérie et le lac Baïkal, pour la nature immense et inviolée ; l'Alaska, idem ; d'autres sans doute, que j'ai oubliés ; et le sud de l'Amérique du Sud – la Patagonie : là où, au bord d'un lac calme et vert, on attend les pumas.

J'étais comme beaucoup d'enfants : j'aimais les animaux, je regardais des émissions sur les animaux, je lisais des livres sur les animaux (cela n'a d'ailleurs jamais cessé). Je m'appliquais à différencier crocodiles, alligators et gavials, aïs et unaus, girafes tachetées et réticulées, impalas et gazelles de Thomson, pingouins et manchots, autruches, nandous, émeus et casoars, à repérer les animaux bénéficiant de deux noms (panthères et léopards, cabiais et capybaras), les proches cousins (chamois et isards, martres et fouines) et à identifier les étranges échidnés, holothuries, kiwis, et autres ayes-ayes. Même les animaux préhistoriques n'échappaient pas à ma soif de connaissance : je ne confondais pas brontosaures et diplodocus, ni ptérodactyles et archéoptéryx, ni allosaures et tyrannosaures, et j'aimais beaucoup les stégosaures et les tricératops. Mais je n'avais jamais entendu parler du mylodon.

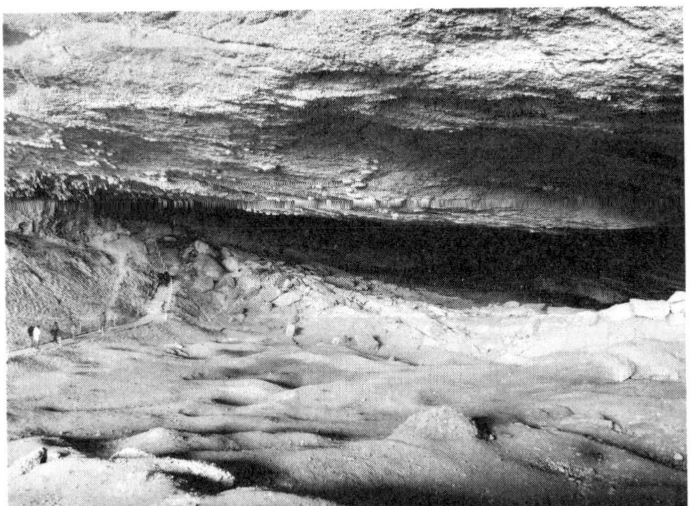

L'histoire de Bruce Chatwin est assez connue : il y avait, derrière la vitre d'un meuble chez sa grand-mère, un morceau de peau de brontosaure découvert en Patagonie par un cousin à elle, un capitaine de cargo nommé Charles Milward. C'est ce *rosebud* préhistorique qui fut à l'origine du désir de Chatwin d'arpenter la région. Il s'avéra que le brontosaure était en réalité un mylodon, espèce de paresseux géant (à peu près la taille d'un bœuf – était-il plutôt aï ou plutôt unau, je n'en sais rien) disparu il y a environ douze mille ans, muni d'une puissante queue sur laquelle il s'appuyait pour se dresser et saisir les feuilles hautes des arbres, cousin d'un animal encore plus grand (six mètres) appelé mégathérium, dont nous avions vu un squelette reconstitué dans le musée d'El Calafate. Des morceaux de peau, couverts de longs poils roux clair et incrustés d'ossements, le tout en excellent état de conservation, avaient été trouvés en 1895 dans une grotte située non loin de Puerto Natales, devenue depuis un lieu touristique nommé *Monumento natural Cueva del Milodón*, par Hermann Eberhard (ou par un de ses *peones*), un explorateur allemand qui avait fondé deux ans plus tôt l'estancia de Puerto Consuelo, s'appropriant au passage quatre-vingt mille hectares de terrain dans la province d'Última Esperanza où se trouvent, entre autres, les villes de Punta Arenas et Puerto Natales, le parc des Torres del Paine et des dizaines de fjords, dont un auquel il donna son nom. Eberhard rapporta la peau chez lui, où elle resta deux ans suspendue à un arbre, puis dans un hangar, en attente de jours meilleurs. C'est un explorateur suédois nommé Otto Nordenskjöld qui, en 1896, passera chez

Eberhard, examinera la peau, explorera la grotte à son tour, trouvera lui aussi des fragments et des os, et contribuera à ce que l'on identifie l'animal. Un an plus tard, Florentino Ameghino, un naturaliste du Museum de La Plata, vint prélever quelques lanières de la peau qui se trouvait toujours chez Eberhard. Divers morceaux se trouvèrent ensuite disséminés entre le Musée salésien de Punta Arenas, le Museum de La Plata, le British Museum, et divers autres endroits, dont le buffet de la grand-mère de Bruce Chatwin. Comme la peau était en excellent état, on la crut récente, et certains imaginèrent que les derniers spécimens de cet animal vivaient encore dans les forêts inconnues qui bordent le pied de la cordillère. Une expédition fut même organisée en 1900 par le tabloïd anglais *Daily Express* pour tenter de les trouver. Des fouilles furent entreprises dans la grotte. Et comme on y découvrit des traces de présence humaine, certains avancèrent alors l'idée que le mylodon avait été contemporain d'hommes qui le domestiquaient et le parquaient dans ladite grotte, dans le but de s'en alimenter pendant l'hiver. L'hypothèse a fait long feu, mais Francisco Coloane en fit tout de même le sujet d'une de ses nouvelles dans son recueil *Cap Horn*. On y identifia aussi des restes de chevaux nains (« hippidions ») et de tigres à dents de sabre. La grotte, déjà grande, fut ensuite agrandie à coups de dynamite (si bien qu'elle est actuellement profonde d'environ deux cents mètres) pour y chercher d'autres restes de présence humaine ou animale susceptibles d'être revendus à bon prix. Elle se visite à présent, plus vaste donc qu'à l'origine, et on en fait le tour dans le sens des aiguilles d'une montre après être passé devant une statue de mylodon grandeur nature près de laquelle posent, majoritairement, des enfants. Elle n'est pas d'un intérêt phénoménal, il faut bien le dire.

Pour ce qui me concerne, ce n'est pas un fragment de peau de faux brontosaure, ni de vrai paresseux, fût-il géant, qui, dans mes jeunes années, motiva mon désir de me rendre en Patagonie. C'est plutôt, on l'a vu, une série de documentaires animaliers à la télévision, mais aussi, plus tard, une photo – non de puma, mais de renard. Photo montage peut-être, mais qui m'avait frappé. Un renard roux, tout ce qu'il y a de commun, photographié en train de déambuler paisiblement devant un lac vert pâle, au pied de trois formidables pics dressés haut et saupoudrés de neige, avec à leur base un glacier. Si je parle de possible photo montage – dont je m'explique assez mal, par ailleurs, la raison d'être –, c'est que pour m'être rendu sur les bords de ce même lac, et au pied de ces mêmes pics, je n'imagine pas vraiment la présence de renards à cet endroit. Mais sait-on jamais. Quoi qu'il en soit, le renard vint s'ajouter aux pumas, voire s'y substituer, et je rêvai toujours de me rendre, moi aussi, en Patagonie pour arpenter les montagnes et camper au bord des lacs. Ce que je fis donc, en partie du moins (sans y camper) quelques décennies plus tard.

Nous avions quitté Puerto Natales le matin tôt, et avions environ cent vingt kilomètres à parcourir plein nord avant de rejoindre le point de départ de notre itinéraire, un parking à partir duquel nous marcherions jusqu'au lac vert au pied des trois pics des Torres del Paine – une randonnée pas très difficile (trois heures de montée pour mille mètres de dénivelé sur cinq kilomètres environ), rien de moins que touristique, si ce n'est la plus courue de la région en raison même de cette absence de difficulté majeure, du fait qu'on pouvait s'y rendre aisément depuis Puerto Natales – ou Cerro Castillo, où nous irions dormir quelques jours plus tard –, et que l'arrivée en était plutôt spectaculaire, avec les trois Torres surplombant le petit lac vert. Après une heure trente de ligne droite hypnotique, sèche et plate, nous étions entrés dans le parc, avions longé le beau et turquoise Lago del Toro qui avait ouvert une superbe perspective sur les trois pics des Torres, et sur le rivage duquel jouaient des groupes de jeunes guanacos sous l'œil placide de leurs parents.

Vus de près, ces animaux ressemblent un peu à de petits dromadaires sans bosse, ce qui n'est pas vraiment un compliment. D'ailleurs ce sont bel et bien des camélidés. Ils partagent avec leurs cousins cet air de vieil aristocrate débonnaire et un peu gaga : même lippe dédaigneuse d'où pend parfois un filet de salive, même regard hautain, même port de tête. Mais de loin, ils sont assez gracieux, surtout les jeunes (comme le sont tous les animaux, humains et non-humains). De la même manière que les alpagas sont des vigognes domestiques, les guanacos sont des lamas sauvages, et il n'est pas toujours aisé de différencier les quatre. Les plus connus sont sans doute les lamas, dont on dit que lorsqu'ils sont fâchés, « eux toujours faire ainsi » (ils crachent, je précise pour ceux qui n'ont jamais lu *Tintin* – en réalité ils crachent lorsqu'ils se sentent en danger) ; ils sont aussi les plus grands (jusqu'à deux mètres), ont d'assez longues oreilles dressées en banane, et vivent jusqu'à 4000 mètres d'altitude, où on les utilise comme bêtes de somme. Les plus touffus sont les alpagas, grosses peluches qui vivent encore plus haut, jusqu'à 5000 mètres. Domestiques eux aussi, leur laine est très prisée. Les vigognes, quant à elles, n'ont jamais été domestiquées. Elles vivent au Pérou et en Équateur, et ce sont les plus petits des quatre animaux (1,3 mètre maximum). Il arrive que les gouvernements de ces deux pays autorisent qu'on en capture pour les tondre, car leur laine est encore de meilleure qualité que celle de l'alpaga. Enfin, le guanaco est presque de la taille du lama, et on dit qu'il serait l'ancêtre de tous les autres. On le croise dans toute la Patagonie argentine et chilienne, des bords des lacs de montagne aux étendues plates et désertiques où l'on voit parfois, en bord de route, quelques individus crucifiés sur les rangées de barbelés dont ils n'ont pu se dépêtrer. Comme les vigognes, les guanacos n'ont jamais été domestiqués. Ils ne sont cependant pas extrêmement farouches, et se laissent approcher – du moins dans le parc des Torres del Paine, où ils ont l'habitude, il est vrai, de voir des véhicules s'arrêter près d'eux pour les photographier. Le nôtre par exemple, obligé de faire halte car, au bord du Lago del Toro, un petit groupe de ces animaux s'était installé au beau milieu de la route et semblait ne pas avoir l'intention d'en bouger dans l'immédiat. Les plus jeunes se marraient. Oui, je le jure, j'ai vu rire des guanacos : trois adolescents joueurs, chamailleurs, qui se frottaient les uns aux autres, l'un posant une patte sur l'épaule de l'autre, le troisième donnant un petit coup de tête au premier, et les trois retroussant leurs lèvres d'excitation en sautillant sur place.

Ensuite nous avions longé la rive orientale du Lago Pehoe, au-dessus duquel les spectaculaires Cuernos dressaient leurs massives silhouettes bicolores, puis la rive occidentale du Lago Sarmiento, et avions atteint le point de départ de notre randonnée, laquelle consistait en un fragment du fameux « trek W » : la branche de droite de ce W précisément, celle qui s'enfonce dans la vallée du Río Ascensio pour atteindre le mirador de las Torres, situé au bord du lac vert le long duquel, sur une photo jadis, un renard roux avait déambulé. Pour ceux que cela intéresse, la branche centrale du W en question, à laquelle on accède en longeant le lac Nordenskjöld (du nom de l'explorateur qui avait identifié le mylodon), pénètre quant à elle dans la Valle del Francés, et la branche gauche longe le Lago Grey, au fond duquel un spectaculaire glacier étale sa langue bleutée qui se réduit d'année en année. J'y étais allé quelques années plus tôt, à l'époque où la forêt que nous devions traverser pour y arriver avait intégralement brûlé en raison de l'excès de scrupules écologiques dont avait fait preuve un touriste du groupe de Felipe, un ami chilien qui vit à présent à Montréal, mais qui à l'époque faisait office de guide dans tout le pays : celui-ci en effet, le touriste, avait voulu brûler les feuilles de papier hygiénique dont il s'était servi. Or une règle de base dans la région est de ne rien brûler : le vent patagon peut être soudain, et phénoménal. Une étincelle peut devenir brasier immaîtrisable – et c'est ce qui s'était produit.

Vent, soleil, pluie, nuages, le tout dans la même journée : la météo, dans toute la Patagonie, et particulièrement dans le parc des Torres, est pour le moins capricieuse (on dit qu'elle change toutes les demi-heures). Pour accéder au petit lac vert cependant, nous avions la chance de bénéficier d'une journée idéale, ensoleillée et pas trop chaude – au contraire du temps que nous avions subi à El Chaltén quelques semaines plus tôt, avec un Fitz Roy couronné de nuages sous une pluie fine. Le parc des Torres del Paine étant, avec le désert d'Atacama, l'endroit le plus touristique du Chili, il ne fallait pas s'attendre à randonner seuls. Et de ce point de vue-là, nous n'avons pas été déçus. Des touristes américains, argentins, français, allemands, coréens, japonais, de tous âges et de toute corpulence, arpentaient le chemin qui s'enfonçait dans la vallée du Río Ascensio, certains ahanant un peu, d'autres moins, selon leur endurance. D'autres encore s'arrêtaient à mi-chemin environ, à un endroit nommé « *Campamento chileno* » où l'on servait boissons et en-cas hors de prix (tout dans le parc est environ trois cents pour cent plus cher qu'à Puerto Natales). Nous avions dédaigné la halte et continué de longer le Río Ascensio qui roulait ses flots écumeux et puissants, alimentés par de hautes cascades qui plongeaient directement du massif des Paine, elles-mêmes alimentées par deux glaciers pour l'instant invisibles. Nous avions franchi le torrent par deux fois sur un pont bringuebalant, et avions fini par atteindre un dernier pierrier à grimper, au-dessus duquel se devinaient les hautes silhouettes des Torres, qui dépassaient à peine mais qui peu à peu se révélèrent à nous, formidables pics se détachant sur un ciel vierge de nuages, et dominant le fameux lac vert, avec entre les deux le petit glacier Torres sur lequel se distinguaient, au loin, deux minuscules silhouettes qui rejoignaient peut-être, à une heure de là, un *Campamento japonés* dont il était dit qu'il était réservé aux *escaladores*.

C'est la force des grands paysages d'être fidèles à leur réputation. On a beau avoir vu dans des centaines de westerns les roches sculptées de Monument Valley, dans des dizaines de documentaires les profondeurs géologiques du Grand Canyon ou le long serpent de la Muraille de Chine, on a beau, même, s'y être soi-même rendu à plusieurs reprises, on est toujours soufflé par la puissance et la beauté des lieux, dans quoi vient résonner la force de l'imaginaire qu'on y avait déployé. La première fois, on est comme Freud qui s'extasiait d'être *réellement* sur l'Acropole. On a du mal à croire qu'on a franchi la frontière, qu'on est *réellement* entré dans l'image, ou le film. Même si j'avais souvent

vu ces trois pics des Torres et ce petit lac vert, ou peut-être du fait même que je les avais souvent vus, j'étais proprement exalté et ravi de me retrouver *réellement* là, dans la photo de mon enfance, malgré la dizaine de touristes à la place du renard solitaire que j'aurais, je l'avoue, préféré y trouver. J'étais heureux et satisfait. J'exultais littéralement. Pour un peu, et à compter qu'il y en eût un par ici, j'aurais pu passer mon bras par-dessus l'épaule d'un guanaco et rire avec lui.

Cerro Castillo

Quand je repense à la toute dernière étape chilienne de ce voyage, c'est l'épithète « improbable » qui me vient à l'esprit pour qualifier la localité de Cerro Castillo, à deux pas de la frontière argentine. « Improbable » eut son heure de gloire dans les années 90, et peut-être aussi au début des années 2000 ; on mit alors ce mot à toutes les sauces pour caractériser une situation, personne ou chose qui sortait des clous, qui était bizarre *mais* d'une certaine façon, au demeurant difficile à définir. Du temps où il était en vogue, cet adjectif a dû être accolé à Cerro Castillo par bien des voyageurs francophones ayant échoué ici, à une bonne heure de route des Andes ; la localité a poussé dans une zone géographique intermédiaire entre haute montagne et plaines, sur un plateau encore très bosselé dominé par le Cerro Castillo, le mont qui donne son nom à la localité, seul point habité dans un large rayon. Cerro Castillo, au milieu de la steppe jaune et sous un ciel bleu immense, ce sont des toits d'un rouge tendant vers le rose et des murs blancs, illusoirement protégés par quelques peupliers, abritant cent à deux cents habitants, à tout casser. Dans cette Amérique latine fière de ses grands hommes statufiés à tout-va sur les places de ses villes, Cerro Castillo présente une particularité : on y entre par un rond-point au centre duquel se dresse – il n'y a pas d'autre mot – la statue d'un cheval fougueux, crinière au vent, en équilibre sur les jambes arrière et juché sur un piédestal lui-même posé sur un petit terre-plein auquel on accède par des marches… Quelle entrée ! Bel hommage d'un village aux destriers, fidèles compagnons des gauchos qui élèvent le mouton alentour, cette statue équestre sans cavalier… Le cheval, on le retrouve sur les plaques de rue, desquelles il émerge, découpé en noir, comme c'est le cas au croisement de Santiago Bueras (10-220) et de Pioneros (380-500). Mais au fond, le cheval est un peu partout, que ce soit dans la steppe ou dans les paddocks des estancias qui parsèment la localité et ses environs. Nous-mêmes logeons dans une ancienne estancia, El Ovejero Patagónico, reconvertie en hôtel de bon standing, immense, de plain-pied, avec des couloirs assez larges pour que s'y croisent deux cavaliers.

Nous voilà donc à deux pas de l'Argentine. Je marche dans sa direction un moment, croyant la trouver, matérialisée par je ne sais quoi, mais elle se dérobe, semble reculer... Rien n'apparaît, sinon des herbes hautes jaunies, des citernes sur pilotis qui rappellent les villes américaines, des antennes radio, des palissades, des rues asphaltées vides, empruntées seulement par les rafales du vent patagon, et encore de l'herbe, jaune et haute, et le plateau qui se relève légèrement en direction d'une Argentine que je n'atteindrai pas : ce sera pour le lendemain. Les habitants de cet avant-poste perdu, qui sont-ils ? Ils auraient été aux premières loges si l'armée argentine avait mis à exécution son plan d'invasion du Chili, à la Noël 1978. J'observe le village de loin : il a l'air pimpant, sous le soleil et la cognée tenace du *pampero*, le vent frisquet qui s'acharne et s'acharne ; et puis, quand s'amassent de gros nuages qui déversent d'un coup leur pesant d'eau, Cerro Castillo a soudain des airs de base scientifique des Terres australes.

Le soir, le buffet est délicieux dans la salle de restaurant immense, où, mystérieusement, la plupart des prises électriques sont à trois bons mètres du plancher. En fait, il s'agit de l'ancienne bergerie, qui s'étend sur toute la longueur du bâtiment. L'histoire ovine du lieu a par ailleurs peu de chances, c'est le moins qu'on puisse dire, de nous échapper. Le mouton, en effet, est partout : les porte-clefs de nos chambres sont des figurines en forme de moutons, il y a sur chacun de nos lits un petit coussin avec une tête de mouton brodée, les photos aux murs représentent des troupeaux sur fond de montagnes enneigées, et les canapés, les fauteuils de l'entrée, tout comme la centaine de chaises de la salle de restaurant, sont intégralement recouverts d'une laine épaisse.

Le lendemain, le passage en Argentine s'effectue rapidement, par comparaison avec la longueur des formalités à notre arrivée au Chili au poste-frontière de Monte Aymond, entre Río Gallegos et Punta Arenas. Après quelques kilomètres de no man's land surgit un panneau aux couleurs du drapeau argentin, bleu clair et blanc avec au centre un soleil qui illumine cette annonce : « *Bienvenidos a la República Argentina* ».

Une bonbonnière jaune et bleu

À la fin, remontant de 16° de latitude vers le nord en un peu plus de trois heures d'avion, nous retrouvons Buenos Aires dans sa canicule de janvier, Buenos Aires où, à l'aller, le sapin de Noël qui perdait ses aiguilles dans le lobby de l'hôtel m'avait plongé dans un état de léger malaise : quoi, Noël en plein été ? Cette fois, fini le sapin de Noël et l'hôtel, place à une belle demeure à étages de Palermo, reconvertie en chambres d'hôtes et qui dut avoir son heure de gloire, naguère, avec sa terrasse donnant sur un carrefour et des allées de platanes.

Longues marches dans Buenos Aires où, hormis les changeurs au marché noir de la rue piétonne Florida, il n'est pas facile de comprendre que l'on est dans un pays en état de faillite. Marcher, marcher parfois une heure durant le long de la même avenue, tant elle est longue. A-t-elle une fin, au demeurant, cette avenue Santa Fe que vous remontez, ou descendez, ne traverse-t-elle pas la pampa en ligne droite pour mourir au pied des Andes ? Ces marches dans Buenos Aires, avec ses arbres démesurés le long d'avenues larges flanquées d'immeubles babyloniens, me laissent étrangement l'impression d'avoir traversé une grande forêt : forêt de jacarandas, de palos borrachos, de ceibos et d'ombús, et c'est cette démesure architecturale dans une orgie végétale qui me frappe, chaque fois que je repense à cette ville aux proportions de capitale du monde... Par-dessus les palos borrachos de l'avenue 9 de Julio, par-dessus la statue équestre de Don Quichotte pointant son épée vers Eva Perón : Evita l'éternelle harangue l'Argentine au micro sur l'imposante façade ensoleillée du ministère de la Santé, et ce *murale* est sans nul doute le seul que les Portègnes aperçoivent de très loin.

Arpenter Buenos Aires ! Ici et là doivent sommeiller les spectres d'autres écrivains que

Borges n'a pas relégués dans l'ombre : Ernesto Sábato, Julio Cortázar et d'autres comme Witold Gombrowicz… Avenue Santa Fe, nous allons à la rencontre d'un autre fantôme dans la librairie El Ateneo Grand Splendid, installée dans un théâtre où se produisait naguère le roi du tango, Carlos Gardel (né à Toulouse… ou bien en Uruguay). Nous passons même un moment sur la scène où il chantait, scène reconvertie en café avec vue sur les rayons, qu'ils soient à l'orchestre ou au premier balcon… Il est assez courant de trouver en un même lieu café et librairie, en Argentine, où le livre est à la fête – le Salon du livre de Buenos Aires, le plus important d'Amérique du Sud, couvre une superficie de quarante-cinq mille mètres carrés et dure près d'une semaine ; et les librairies, de toutes tailles, ne manquent pas dans la capitale, malgré la rigueur des temps économiques.

Marcher vers le Buenos Aires des origines : les vieux quartiers d'où tout est parti, qui ont vu arriver tant d'immigrés : San Telmo, La Boca… Les deux *barrios* se touchent. San Telmo, à l'architecture coloniale décatie, s'anime le dimanche tout le long de la rue Defensa, jusqu'à la place Dorrego : brocante, colifichets, vêtements, les stands se comptent par centaines et sur la place on danse ou chante le tango, il fait bon vivre aux terrasses des cafés. La Boca, malgré la pauvreté et sa mauvaise réputation, se veut attirante. Dans El Caminito, rue aux maisons bigarrées, il y a foule de promeneurs ; nous oublions vite les recommandations et relâchons la vigilance qu'on nous a conseillé d'observer.

Tout à coup, au cœur du quartier, surgit comme une forteresse la Bombonera, la Bonbonnière (ainsi appelée parce qu'elle est coincée au milieu des habitations) : le stade mythique des Boca Juniors. Non pas le plus vaste stade de football d'Argentine, avec ses quarante-neuf mille places, mais certainement le plus célèbre. Je m'aperçois en écrivant ces mots que c'est sans doute la première fois, dans un livre, que j'évoque un stade de football. J'étais persuadé que cette visite me laisserait de marbre, qu'au mieux elle me tirerait quelques sourires devant l'enthousiasme des supporters venus du monde entier pour se recueillir ici dans ce « temple », car le football n'est pas inscrit dans mon ADN...

Or, ce qui s'est produit est mystérieux. Nous avions traversé rapidement le musée installé sous les gradins, musée sans queue ni tête si ce n'est la gloire de l'équipe bleu et jaune des Boca Juniors, et trouvé le couloir par lequel on accède au stade – avec votre ticket, vous avez le droit d'aller jusqu'à un espace grillagé derrière lequel vous apercevez le terrain et les gradins. De prime abord, l'ensemble nous a paru petit, engoncé entre les habitations du quartier. Et c'est alors que j'ai éprouvé une émotion inattendue. Des clameurs, des espoirs, des insultes, des moments d'extase et de fierté dont l'endroit a été le théâtre depuis des décennies, quelque chose m'est parvenu pendant les minutes où je suis resté là, planté devant un grillage à observer le manège du petit véhicule qui allait et venait pour entretenir le gazon. Comme si quelque chose pouvait se détacher d'un lieu et vous parvenir de la fierté et du bonheur immense dont le football a généreusement gratifié ce quartier pauvre, depuis Diego Maradona et d'autres, jusqu'à Dario Benedetto, l'actuel avant-centre de l'OM, qui évoluait auparavant au sein de Boca Juniors... Une autre fois, j'avais déjà eu l'impression que la mémoire des lieux me tombait dessus, littéralement ; c'était en traversant, à pied, la piste centrale des arènes de Nîmes, mais à ce moment-là j'avais éprouvé un profond malaise, comme si les cris et la terreur des gladiateurs, leur souffrance, s'étaient inscrits pour des siècles dans la pierre et continuaient d'émettre sur certaine fréquence.

La Boca, où personne n'a cherché à nous détrousser, reste une des dernières images fortes de ce voyage, après les Andes et les îles australes de Patagonie. Dire qu'il faut repartir ! Faut-il être fou, parfois, pour repartir ! Faut-il être fou pour interrompre un voyage qui ne demandait qu'à continuer… Rentrer en France ? Vous allez vous jeter dans la gueule du loup. N'oubliez pas que nous sommes toujours à la veille d'une catastrophe… Vous attendent, à la descente d'avion, quelques semaines de normalité inquiète, après quoi vous plongerez dans un très mauvais roman de science-fiction, un thriller sanitaire dont vous ignorez le nombre de pages et qui vous lassera très vite, vous, voyageurs sans voyage, nomades entravés, et il ne vous restera dès lors qu'à écrire ce livre, refaire en pensée et en lignes cette déambulation extrême-australe jusqu'à en revoir les moindres replis, à croire que le véritable voyage, le plus enrichissant, ne commence, la plupart du temps, qu'après le retour.

Table

DES MÊMES AUTEURS

CHRISTIAN GARCIN

ROMANS

Le Vol du pigeon voyageur, *Gallimard, 2000 (prix du Rotary international), Gallimard; Folio n° 3680.*
Sortilège, *Champ Vallon, 2002; rééd. 2014.*
Du bruit dans les arbres, *Gallimard, 2002; Folio n° 4134.*
L'Embarquement, *Gallimard, 2003; Folio n° 4311.*
La Jubilation des hasards, *Gallimard, 2005.*
La Piste mongole, *Verdier, 2009; Points n° 3195.*
Des femmes disparaissent, *Verdier, 2011 (prix Roland-de-Jouvenel de l'Académie française); Points n° 3320.*
Les Nuits de Vladivostok, *Stock, 2013.*
Selon Vincent, *Stock, 2014; Babel n° 1493.*
Les Vies multiples de Jeremiah Reynolds, *Stock, 2016.*
Les Oiseaux morts de l'Amérique, *Actes Sud, 2018; Babel n° 1683*
Le Bon, la Brute et le Renard, *Actes Sud, 2020.*

NOUVELLES ET TEXTES BREFS

Vidas, *Gallimard, 1993; Folio n° 4494.*
L'Encre et la Couleur, *Gallimard, 1997.*
Vies volées, *Climats, 1999; Folio n° 4494; GF "Étonnants classiques" n° 346.*
Rien, *Champ Vallon, 2000.*
Fées, diables et salamandres, *Champ Vallon, 2003.*
La neige gelée ne permettait que de tout petits pas, *Verdier, 2005.*
Le Scorpion de benvenuto, *L'Escampette, 2007.*
À Budapest, *Circa 1924, 2007.*
Circé ou Une agonie d'insecte, *Cadex, 2010.*
L'Étrange sérénité des fonds marins, *Circa 1924, 2014.*

La Loi des bêtes, *les éditions du Chemin de fer, 2015 (illustrations de Philippe Favier).*
Entrer dans des maisons inconnues, *Finitude, 2015.*
Jeremiah & Jeremiah, *Château des ducs de Bretagne-Musée d'histoire de Nantes, 2016.*

ESSAIS ET APPROCHES BIOGRAPHIQUES

Labyrinthes et Cie, *Verdier, 2003.*
Piero ou l'équilibre, *L'Escampette, 2004 ; Arléa poche, 2019* (sous le titre *Piero della Francesca*).
J'ai grandi, *essai autobiographique, Gallimard, 2006 (prix Symboles de France).*
L'Autre Monde, *Verdier, 2007.*
Borges, de loin, *Gallimard, 2012 (prix Roger-Caillois), Arléa poche, 2018.*
Jibé *(sur JB Pontalis), Arléa poche, 2014.*
Abécédaire balzacien, *éd. du Lérot, 2020.*

POÈMES

Les Cigarettes, *L'Escampette, 2000.*
Pierrier, *L'Escampette, 2003.*
Poèmes américains, *Finitude, 2018.*

CARNETS DE VOYAGE

Carnets d'Orient (Itinéraire chinois, du Baïkal au Gobi, Carnet japonais*), L'Escampette poche, 2014.*
En descendant les fleuves (carnets de l'extrême-orient russe*), avec Éric Faye, Stock, 2011 ; J'ai lu n° 10538.*
Ienisseï *suivi de* Russie blanche, *Verdier, 2014.*
Le Lausanne-Moscou-Pékin, *La Baconnière, 2015.*
Dans les pas d'Alexandra David-Néel (du Tibet au Yunnan), *avec Éric Faye, Stock, 2018 ; Points Aventure n° 4492.*
Travelling, *avec Tanguy Viel, Lattès 2019 ; Points Aventure n° 5205.*

Littérature jeunesse

Aux bords du lac Baïkal, *L'École des loisirs, 2011.*
Les papillons de la Lena, *L'École des loisirs, 2012.*
La perspective du condor, *L'École des loisirs, 2016.*

Photos

Le minimum visible, *photographies (avec des textes de Stéphane Audeguy, Arno Bertina, Éric Faye, Thierry Girard, Gilles Ortlieb), Le Bec en l'air, 2011.*

Autres

Lexique, *L'Escampette, 2002.*
Pris aux mots (lexique 2*), L'Escampette, 2006.*
J'ai grandi, *essai autobiographique, Gallimard, 2006, prix Symboles de France.*
L'art de la natation subaquatique, *Marguerite Waknine, 2008.*
Quand j'étais écrivain, *avec Pierre* autin-grenier, Finitude, 2011.
Vétilles *(notes), L'Escampette, 2015.*

ÉRIC FAYE

Fiction

Le Général Solitude, *roman, Le Serpent à plumes, 1995, bourse Cino del Duca 1996; Seuil, coll. « Points », 2000; réédition Stock, 2012.*
Parij, *roman, Le Rocher, coll. « Motifs », 2007; réédition Stock, 2012.*
Le Mystère des Trois Frontières, *nouvelles, 1998; Seuil, coll. « Points », 2001; réédition Stock, 2012.*
Je suis le gardien du phare, *récits, Corti, 1997, prix des Deux Magots 1998; Seuil, coll. « Points », 2000.*
Les Lumières fossiles, *nouvelles, Corti, 2000.*
Croisière en mer des pluies, *roman, Stock, 1999, prix*

Unesco-Françoise Gallimard; Le Livre de Poche, 2000; J'ai lu, 2012.
Les Cendres de mon avenir, *roman, Stock, 2001; Le Livre de Poche, 2003.*
Quelques nobles causes pour rébellions en panne, *nouvelles, Corti, 2002.*
La Durée d'une vie sans toi, *roman, Stock, 2003.*
Un clown s'est échappé du cirque, *nouvelles, Corti, 2005.*
Le Syndicat des pauvres types, *roman, Stock, 2006; Gallimard, coll. « Folio », 2008.*
Billet pour le Pays doré, *nouvelle, Cadex, 2007.*
L'Homme sans empreintes, *roman, Stock, 2008, prix François Billetdoux; J'ai lu, 2011.*
Passager de la ligne morte, *nouvelle, Circa 1924, 2008.*
Quelques nouvelles de l'homme, *nouvelles, Corti, 2009.*
Nagasaki, *roman, Stock, 2010, Grand Prix du roman de l'Académie française; J'ai lu, 2011.*
Devenir immortel, et puis mourir, *récits, Corti, 2012.*
Il faut tenter de vivre, *roman, Stock, 2015; Seuil, coll. « Points », 2016.*
Éclipses japonaises, *roman, Seuil, 2016; Seuil, coll. « Points », 2017.*
La Télégraphiste de Chopin, *roman, Seuil, 2019; Seuil, coll. « Points », 2020.*
Le Bureau des jours perdus, *nouvelles, Seuil, coll. « Points », 2021.*

NON-FICTION

Ismail Kadaré, Prométhée porte-feu, *Corti, 1991.*
Entretiens avec Ismail Kadaré, *Corti, 1991.*
Dans les laboratoires du pire (totalitarisme et fiction littéraire au XXe siècle), *Corti, 1993.*
Le Sanatorium des malades du temps, *Corti, 1996.*
Mes trains de nuit, *Stock, 2005.*
Nous aurons toujours Paris, *récit, Stock, 2009.*
Somnambule dans Istanbul, *Stock, 2013.*
Malgré Fukushima. Journal japonais, *Corti, 2014.*
Fenêtres sur le Japon, *Picquier, 2021.*

EN COLLABORATION

K, ouvrage collectif sur Franz Kafka, *Autrement, coll. « Figures mythiques », 1996.*

Mondes effacés. Souvenirs d'un Européen, *collaboration à l'autobiographie de Jusuf Vrioni, JC Lattès, 1998.*

En descendant les fleuves. Carnets de l'Extrême-Orient russe, *avec Christian Garcin, Stock, 2011 ; J'ai lu, 2013.*

Une si lente absence. Moscou-Pékin, *avec Xavier Voirol, Le Bec en l'air, 2014.*

Dans les pas d'Alexandra David-Néel (du Tibet au Yunnan), *avec Christian Garcin, Stock, 2018 ; Points « Aventure », 2019.*

Cet ouvrage a été composé
par Maury à Malesherbes
et achevé d'imprimer par
Grafica Venera, Trebaseleghe
pour le compte des Éditions Stock
21, rue du Montparnasse, 75006 Paris
en mars 2021

PAPIER À BASE DE FIBRES CERTIFIÉES

Stock s'engage pour l'environnement en réduisant l'empreinte carbone de ses livres. Celle de cet exemplaire est de :
1,1 kg éq. CO_2
Rendez-vous sur www.editions-stock-durable.fr

Imprimé en Italie

Dépôt légal : avril 2021
N° d'édition : 01
28-51-9020/9